お酒のために乙女ゲー設定をぶち壊した結果、
悪役令嬢がチート令嬢になりました
2

「ふふふっ。
レッツ！ 合法お酒のチョコケーキ！」

本日のお菓子は
フォンダンショコラである。
中のチョコレートには、
香り付けとしてメイ酒を
ほんの少しだけ入れてある。
万能な異空間収納バッグのお陰で
出来立ての熱々だ。

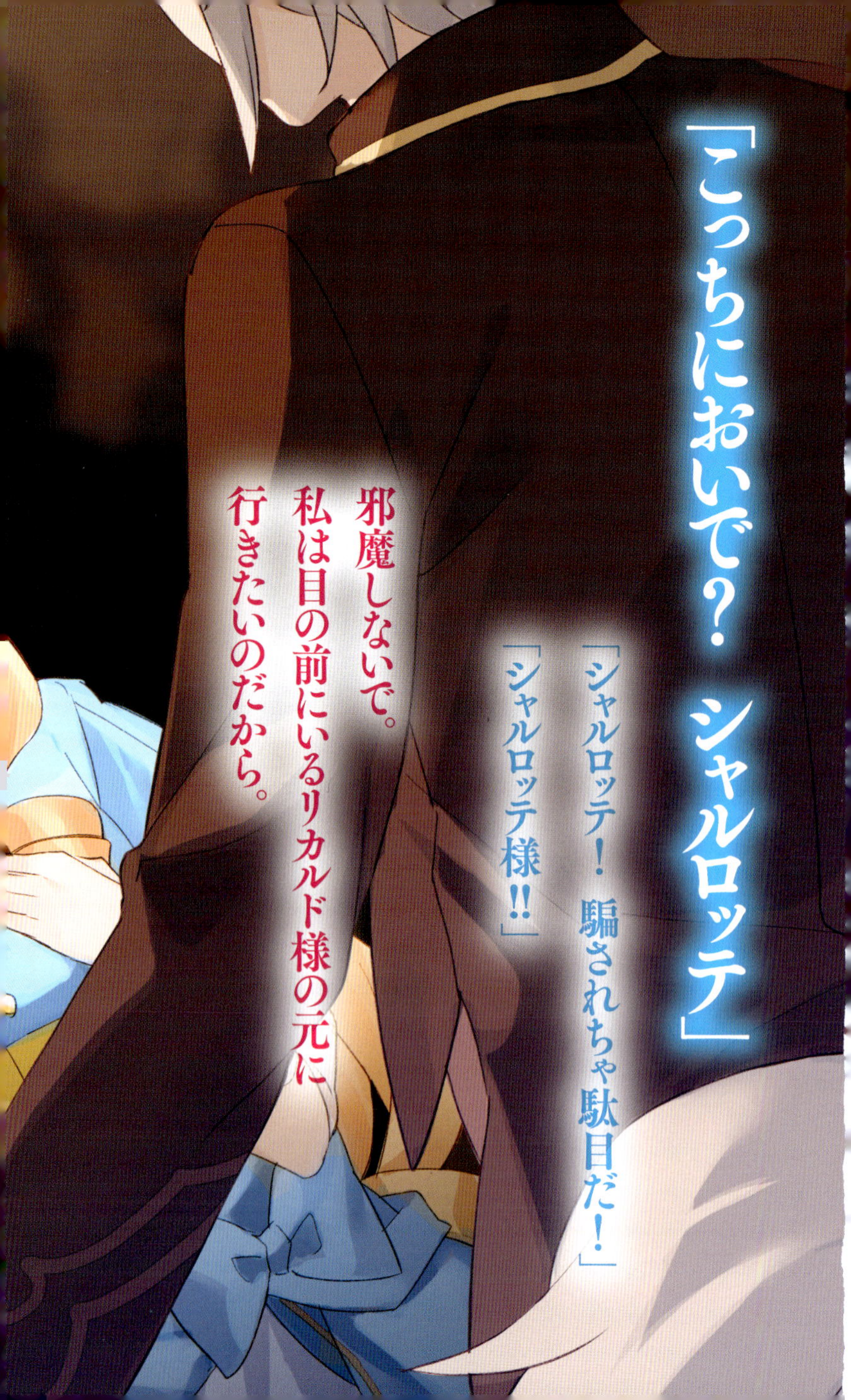
「こっちにおいで？　シャルロッテ」

「シャルロッテ！　騙されちゃ駄目だ！」

「シャルロッテ様!!」

邪魔しないで。

私は目の前にいるリカルド様の元に
行きたいのだから。

ゆなか
Illustration
ひづきみや

お酒のために乙女ゲー設定をぶち壊した結果、

悪役令嬢がチート令嬢になりました

2

カドカワBOOKS

口絵・本文イラスト
ひづきみや

装丁
黒木香＋ベイブリッジ・スタジオ

CONTENTS

プロローグ
007

［第一章］ ドライフルーツとお母様
010

［第二章］ ロッテ誕生！
042

［第三章］ リカルド様との約束
071

［第四章］ 道化の鏡と終焉の金糸雀
094

［第五章］ チョコレート革命
142

［第六章］ ダンジョン消滅
172

［第七章］ 二人の……魔王？
193

［第八章］ あれから……
233

【ルーカス・アヴィ】
263

あとがき
273

CHARACTER

シャルロッテ・アヴィ

アヴィ公爵家の末娘。
中身は乙女ゲームとお酒好きの日本人、天羽和泉。
ゲームの中の悪役令嬢に転生してしまったが、
死亡フラグを排除して、大好きなお酒をこの世界に
広めるために邁進中。ゲーム内での推しキャラ
だったのは、攻略対象ではなかった獣人、リカルド。

ルーカス・アヴィ

アヴィ家の長男。
シャルロッテの兄であり、
彼女が転生者という秘密を知る頼れる存在。
シャルロッテが悪役令嬢になってしまうきっかけとなる
事件を防ぐため、協力してくれている。
シャルロッテの悪巧みやイタズラを
すぐに見抜く魔王様。アイスクリーム信者。

リカルド・アーカー

アーカー公爵家の跡取り。両親を早くに亡くし、
さらにハーフの獣人ということで差別されて
育ってきたが、獣人をまったく怖がらず、
むしろ猛アタックしてくるシャルロッテに
次第に惹かれていく。
シャルロッテにふさわしい男になるため
努力を怠らない真面目な青年。

ハワード・オデット

侯爵家の長男。
攻略対象2。学院と騎士団の両方に所属し、
父親は騎士団の団長を任されているほどの
実力者。裏表がなく、笑顔の爽やかな
体育会系男子。『筋肉ワンコ』の異名を持つ。

クリストファー・ヘブン

ユナイツィア王国の王太子。
攻略対象1。強く、正しくを理想とする
キラキラ系な『ザ・王子様』で、
ゲームの中ではシャルロッテの
婚約者だった。

サイラス・ミューヘン

ハーフエルフ。
攻略対象4。温厚そうな見た目とは逆に、
腹黒く笑顔で毒を吐く。
エルフの一族を恨んでいたが、
シャルロッテのおかげで一族と仲直りできた。
今はシャルロッテを恩人と思って慕っている。

ミラ・ボランジェール

伯爵家の次男。
攻略対象3。常識に囚われない研究者で、
魔道具開発のスペシャリスト。アルビノである
ことを隠すため、いつも肌を覆っていたが、
シャルロッテに引っぺがされてからは自分の
容姿を隠すことなく過ごしている。

プロローグ

某有名デパートの衣料品売場で接客販売員をしていた【天羽和泉《あもういずみ》】、二十七歳。

そんな私の唯一の趣味は、大好きなお酒を飲みながら乙女ゲームをプレイすることだった。

大学卒業と同時に地方から上京し、数年前に同棲《どうせい》までした恋人がいたのを最後に、自由気ままなお一人様生活を満喫していた。刺激こそ少ないが……充実した日々。私はこの安定した生活がこれからもずっと続いていくのだと疑いもしなかった。

あの日までは……。

『女子トイレに忘れ物がありますよ』

お客さんに教えてもらって向かった女子トイレの床の上には、大きな黒いバッグが無造作に置かれていた。忘れ物だろうかと手を伸ばすと……バッグの中から白い煙が吹き出し始めた。

身の危険を感じた私は咄嗟《とっさ》にハンカチを口に当てて上司に報告、指示を待ちながら逃げ遅れたお客さんがいないかの確認を始めた。幸いなことにトイレにお客さんはおらず、私は自分の身を守る為《ため》の行動を開始した。その矢先に…………私の意識は途絶えた。

……気付いた時には【ラブリー・ヘヴン】という乙女ゲームに登場する悪役令嬢の【シャルロッテ・アヴィ】、十二歳に生まれ変わっていた。

【天羽和泉】としての人生は、気付かぬ内にアッサリと終わってしまっていたのだ……。

本当は未練だって山のようにたくさんある。

しかし、死んでしまった事実はどうにもならないのだ。

『せっかく大好きなゲームの世界に生まれ変わったのだから！』そうポジティブに心を奮い立たせてみようと思ったが……。生まれ変わった先の【シャルロッテ・アヴィ】は、乙女ゲームで言えば、ヒロインの恋敵である。……そう敵なのだ。

ありとあらゆる手段をもってヒロインを害するシャルロッテの未来は……【断罪《バッドエンド》】。【首切り処刑ルート】もしくは【魔物の国へ追放ルート】が確定である。

前世で大好きだったお酒を一滴も飲めないまま死ぬなんて絶対に嫌だ！

断罪《バッドエンド》回避の為に私が決めたこと……それは、シャルロッテが悪役令嬢になるきっかけ、すなわち【スタンピード】を全力で回避し、攻略対象者兼、兄であるルーカス以外の攻略対象者とは関わりを持たずに、ひっそりコッソリと生きること！

そう思っていたのに……私の気持ちに反して、まだ出会う時期でもない攻略対象者達が次から次に現れ……。いつの間にか攻略対象者である彼等《かれら》との接点ができてしまった。

彼等と接する内に、ゲームの世界とは違う等身大で生身の彼等を知り……意外にも嫌悪を感じなかったりと（ハワードは除く）、比較的に良好な関係を築いてしまっている。

……こんなはずじゃなかったんだけどな。どうしてこうなった⁉

私はお酒のことだけを考えて平穏に過ごしたかったのに……！

しかも、唯一まだ関わりのない攻略対象者だったサイラスともこの前遂《つい》に出会ってしまった。

クリス様とハワードはダンジョン調査で一緒だし、ミラはアヴィ家に居候をしているし、サイラスだって、暇を見つけてはアヴィ家に通っている。

何だかんだで、みんな……私に近いところにいるのだ。

……もう、いっそのこと学院入学を待たずにヒロインの常盤彼方《ときわかなた》が登場してくれればいいのに……。

そしたら、彼方《ヒロイン》に全《すべ》てを任せて（押し付けて）、私はのんびりお酒とリカルド様のことだけを考えて生きられるはずだ。

第一章　ドライフルーツとお母様

「あー。お酒が飲みたい……」

私は一口分の紅茶をコクンと飲み込み、盛大な溜息《ためいき》を吐《つ》いてから天を仰いだ。

自分の部屋にあるソファーに座りながら一人で紅茶を飲んでいるところだ。

早く十六歳……お酒の飲める年にならないかなー。それが私の切実な願いである。

最近の私の周囲は……『アイスクリーム』、『アイスクリーム』、『アイスクリーム』……と、そればかりだ。私が広めたいのはアイスクリームではなく、お酒だというのに…………。

どうして……こうなった？

それは確実にアイスクリームの信者達による布教活動のせいだ。

隙《すき》あらば『アイスクリーム』の話題をねじ込んでくるので、結局私が作らざるを得ない。

『だったら作らなければいいじゃないか』……？

お兄様の瞳《ひとみ》に抗《あらが》えるなら、とっくに作ってはいない……。

私だってアイスクリームは好きだし？　色んな人の間に広まってくれるのは嬉《うれ》しい。

街中で気軽に食べられるようになったら、それはそれでまた嬉しい。

でも……アイスクリームじゃ、私の『お酒欲』は収まらないのだ。

私的に一番重要なのはそれだ。

んー。もうちょっと、こう……子供でもお酒を楽しめる方法とかないかな？

直接飲むのはアウトだけど、何かに入っていればアルコール成分は多少薄まるし、セーフみたいな……。

ふむ……。アルコール入りのおいしい物か……。

お酒浸しのサヴァランは駄目だろうし……ケーキ……焼き菓子……アイスクリーム……。

ふっ……。ここでアイスクリームが出てくるとは……私も信者達に影響されているようだ。

遠い目をしかけて、ふと我に返った。

……あれ？　でも、ちょっと待って。

アイスクリーム！　いいじゃないか‼

『アルコール』と『アイスクリーム』の組み合わせといったら【ラムレーズンアイス】だ。

これなら、子供《わたし》でも合法的にお酒を摂取できるではないか！

思い立ったら吉日。善は急げだ‼

中身を飲み干したティーカップをテーブルの上に置いた私は、急いで厨房《ちゅうぼう》に向かった。


トントン。

ノックをしてから調理場の扉を開けようとすると、中から誰かが開けてくれた。

「あれー？　シャルロッテお嬢様。どうかしましたか？」

ドアを開けてくれたのはノブさんだった。

ノブさんはアヴィ家にいる料理人さんの内の一人で、魔術の使える貴重な人材である。

茶色の瞳に赤茶色の髪のヒョロリと細長い青年で、確か独身と言っていた。

以前に教えたタンサン水も、時短アイスクリーム作りも完璧《かんぺき》にマスターしてくれた人で、デザート担当として最早《もはや》アヴィ家にとって欠かせない人物となっている。

「ちょっと試したいことがあるのですが、調理場をお借りしてもいいですか？」

「勿論《もちろん》、それは構いませんが……もしかして、新しいアイスクリーム作りとかですか？」

厨房の中に私を招き入れたノブさんの茶色の瞳がキラリと光った。

……何故《なぜ》分かるのだ。しかも『アイスクリーム』限定か！

「え……ええと、まあ、はい。そんな感じです」

私は軽くというか……かなり引き気味に答えた。

ノブさんもアイスクリームの熱狂的な信者である。

「手伝わせて下さい！」

「お断りします！」

私は即答でノブさんを切り捨てた。

「どうしてですかぁ……！」

二十五歳の青年がアイスクリーム作りの手伝いを断られたぐらいで号泣しないで欲しい。

もう……。一人で実験するつもりだったのに……仕方ないな。

「はいはい。冗談ですよ。私には分からないことが多いので手伝って頂けると凄《すご》く助かります！」

半ば投げやりにそう言うと、泣いていたノブさんの顔が一瞬でパアッと明るくなった。

「はい、喜んで‼」

……単純。というか、そんなにアイスクリームが好きなのね……。

こんな風にアイスクリームの信者は、なかなかに扱いが面倒くさいのだ。

「ノブさん、ドライフルーツはありますか？　他に、お菓子とかに使うお酒とか……」

「……お嬢様。『ドライフルーツ』って何ですか？」

ノブさんがキョトンとしている。

……おっと！　この世界にドライフルーツという物は存在しないらしい。

焼き菓子が主流の世界なのに……何故だろうか？　焼き菓子に混ぜたらおいしいよね？

もしかしたら、この世界は生のフルーツが手に入りやすいから、乾燥させて長持ちさせるという発想が生まれなかったのかもしれない。

ドライフルーツがないのなら作ればいい！

ということで………

「生のフルーツはここにどんな物がありますか？」

「今日の分はこちらに」

ノブさんに案内されたフルーツ置き場のテーブルの上には、色とりどりのたくさんのフルーツが山積みになっていた。

「味見をしてもいいですか？」

「はい。どうぞー」

……この世界のフルーツは、見た目だけでは味が分からない。

極端に言えば、リンゴの形をしたミカンがあるとする。それを食べない状態でミカンだと気付けるか？　……という話だ。

ラムレーズンと言えば干し葡萄《ほぶどう》だが……。

まず、紫の葡萄のような形のフルーツを一粒摘《つ》まんで味見してみた。

プチッと弾《はじ》ける果実……この味は桃だ！　ほらね。見た目と味が違う。

「それはモスクですね」

ノブさんが笑顔で教えてくれた。

桃のドライフルーツか……。私は食べたことがないけど、おいしいと聞いたことはある。

形も葡萄みたいだし、これは決まりだろう！

次は……っと。

黄色いレモンのような形をしたフルーツを手に取った。

ノブさんが食べやすい大きさに切ってくれると言うので、お言葉に甘えて切ってもらう。

櫛《くし》切りにカットされたレモンのようなフルーツ。レモン独特の強い酸味を想像しながら、恐る恐る口に運ぶが…………これはパイナップルの味だ！

熟れたパイナップルみたいに甘酸っぱくておいしい！

「レップルです。おいしいですよね」

私はノブさんに同意するようにコクコクと何度も頷《うなず》いた。

これもドライフルーツ候補に入れておこう！

次は……っと。オレンジ色の杏《あんず》に似た形のフルーツに手を伸ばした。それをまたノブさんが食べやすいように半分にカットしてくれた。厚意に感謝しつつ……パクッと齧《かじ》り付く。

……こ、これは！

「それはアーマスですね」

ノブさんが教えてくれたが……私の頭には入ってこなかった。

それよりも探し物を見つけられたことに興奮していたのだ。

葡萄だ！　葡萄を見つけた‼

これでラムレーズンが作れる！　私の頭の中はそのことでいっぱいになった。

……あとはラムレーズン作りには欠かせない肝心のラム酒だが……。

問題はお酒の少ないこの世界に、果たしてそのようなものが存在するのかだ。

……ラム酒の原料は確かサトウキビだっけ？

私のチートさんなら、材料があれば作れるかもしれないが…………。

「ノブさん、ラム酒ってありますか？」

「ラム酒？　んー……聞いたことないですね。何に使うんですか？」

「ええと、そのままお酒として飲んだり、お菓子とかの香り付けにも使えるお酒なんですが……」

そうか。やっぱりないのか……と、諦めて肩を落としかけた時……

「……ラム酒は知りませんが、菓子類に使う《メイ》というお酒はありますよ？」

《メイ》？

「見せて下さい！」

ノブさんに持って来てもらった透明な瓶に入ったメイ酒は、濃いカラメル色をしていて、独特の甘い匂《にお》いがした。

おお……！　これはまさにラム酒だ！

自家製ラムレーズンを作る際に何度か嗅《か》いだことがある。

「このメイ酒は、飲んだりしないのですか？」

「メイ酒をですか……？」

私の質問にポカンと口を開けたまま、不思議そうに首を傾《かし》げるノブさん。

ラム酒ならば普通に飲めるはずだが……ノブさんの反応からして、メイ酒はあくまでも製菓用であって、そのまま飲んだりはしないのだろう。

「気にしないで下さい。ええと……メイ酒と、さっきのフルーツを何種類か使ってもいいですか？」

「はい。どうぞ、どうぞ」

ノブさんに手伝ってもらいながら、隅の調理台に材料を持って移動した。


さて、調理を開始しよう！

「最初にドライフルーツを作ります」

ドライフルーツを知らないノブさんの為《ため》に、軽く説明をした。

生のフルーツを乾燥させることで、栄養価をほとんど損わず長期間保存が可能になる優れ物であること。

使用するフルーツの種類にもよるが、ポリフェノールや食物繊維が豊富で抗酸化作用が高い。

シワや老化予防、ダイエット中のおやつとしても使える物なのだ。

私の説明を聞き終えたノブさんの瞳がキラキラと輝いている。

「おお……！　それはすごい！」


ドライフルーツの作り方は簡単だ。

天日干しにしたり、電子レンジを使用したりして、フルーツ中の水分を飛ばしてしまえばいい。

天日干しだとカラカラに乾くまでに二日程度かかる。

電子レンジを使用すれば簡単にできるが、ここは異世界なので電子レンジがない。

そこで私の魔術《チート》の出番だ。

今回、使用するフルーツは、紫色の葡萄の形をした桃味の《モスク》と、黄色いレモンの形でパイナップルの味のする《レップル》。オレンジ色の杏の形をした葡萄味の《アーマス》。

情報過多で混乱するが……この三種類を使用したいと思う。

モスクとアーマスはそのままの形で、レップルは皮のまま薄い櫛切りにする。

それらをお皿の上に並べ、右手を翳《かざ》しながらドライフルーツのイメージを練り上げる。

……水分を抜いてしっかり乾燥……でも、パサパサにはさせすぎずに甘さをギュッと濃縮。フルーツの旨味《うまみ》はそのままに……。

「ドライ」

そう呟《つぶや》くと、光の帯がフルーツをなぞるように流れた。

光の帯が消えた後には、水分が抜けたフルーツ達が艶々《つやつや》とした状態で残されていた。

おお！　ドライフルーツの完成だー！

早速、ノブさんと味見をしてみることにする。

まずは、見た目は干し葡萄なのに桃のような味がするモスクだ。

乾燥しているはずなのにトロリと濃厚な甘みが堪《たま》らない。

次にレップル。生の時に感じた甘酸っぱさは消え、パイナップルの甘みが更に濃縮されていてお
いしい。あの酸味が苦手な人も食べられる味だ。

最後にアーマスだ。オレンジ色の杏の形なのに、ちゃんと干し葡萄の味がする。

よし。成功だ！　どれもおいしくできている。

チラッとノブさんを見ると、ドライフルーツを凝視しながら震えていた。

まるで壊れかけのロボットのような動きである。

「……ノブさん？」

「か、乾燥させただけでフルーツがこんなにおいしくなるなんて……！」

……ああ。感動していたのか。驚いた。

発想の転換なのだが……まあ、普通は瑞々《みずみず》しい新鮮なフルーツの方がおいしいと思うもんね。

「まだまだこれからですよ！」

私はふふっと笑った。

次に、綺麗《きれい》に煮沸された状態の大きめな空瓶を一つと、小さめな空瓶を三つ用意した。

一つ目の大きめな瓶の中には、三種類のドライフルーツを順番に均等に入れ、小さめな三つの瓶
の中には、残っているドライフルーツをそれぞれ種類ごとに分けて入れていく。

「ドライフルーツは……瓶に入れて保存する物なのですか？」

「袋でも構いませんが、瓶の方が気密性が高いので鮮度を保ったまま保存可能です。そして私が瓶を選んだ理由は……！」

　私は説明をしながら、三種類のドライフルーツが一緒に入っている大きめな瓶の中にメイ酒を注ぎ入れた。

「ああ――っ！」

　横から悲痛な叫び声が聞こえてきたが……気にしない。

「これでいいのです」

　私は笑いながら、メイ酒でドライフルーツがひたひたに漬かるまで注ぎ続ける。

「せっかく乾燥させたのに……勿体《もったい》ない」

　ノブさんがしょんぼりと肩を落とした。

　わざわざ乾燥させたフルーツに、また水分を加えるという意味が分からないのかもしれないが、こうしないとダメなのだ。ちゃんと意味があるのだよ！

「これから更においしくなるようにおまじないをしますので、黙って見ていて下さい」

　苦笑いを浮かべながら、大きめな瓶に向かって右手を翳した。

　普通に作ろうとすれば、しっかり味が染み込むまでに最低でも二日を要するだろう。

　しかーし！　そんなに待つことなんてできない！

　おいしい物（お酒）の為ならば、魔術《チート》は惜しまない！

ドライフルーツの一つ一つに、しっかりと隅々までアルコールの旨味が染み込むイメージを練る。

おいしくなーれ！　もっとおいしくなーれ！

「熟成！」

フワッとした光が瓶を覆い……それが煙のように消え失《う》せると……。

ヒャッホーイ！

待ちに待った『ラムレーズン』の完成である！

お酒に漬かったドライフルーツはまるで宝石のように艶々と光っている。

この神々しさよ……！

口に入れたことを想像するだけでゴクリと喉《のど》が鳴る。

食べたい。今すぐにこのまま食べたい！

……いや、それはダメだ。

メイ酒の匂《にお》いから、アルコール度数がなかなか高そうなのが分かる。

これをこのまま口にするのは色んな意味で危険だ。年齢とか、酔った後とか、魔王様《おにいさま》とか……。

……さっさと次の工程に移ろう。

「味見はしなくていいのですか？」

「しません！」

私はきっぱりと言い放った。

堂々とお酒が飲めるノブさんとは違って、こちらはまだ子供なのだ。中身はアラサーだけどね!?

ノブさんだけにそんな羨《うらや》ましいことはさせない！

悲しそうな顔をしているノブさんを急《せ》かしながら、卵や生クリーム等《など》のアイスクリームに必要な材料を用意してもらう。

『これからアイスクリームを作るよ』と伝えれば、ノブさんはご機嫌で用意してくれた。

信者ェ……。

「シャルロッテ様。……それは新作アイスクリームの試作ですか？」

今まで別の作業をしながら遠目にこちらを見ていた二人の料理人さんが近付いて来た。

三十五歳。既婚。一人娘を溺愛《できあい》している【スケさん】と……五十歳で既婚。三人の立派な息子さん達を持つ【カクさん】だ。二人はノブさんの大先輩であり、ベテランの料理人だ。

アイスクリームを初めて作った時に一緒にいたのもこの二人だ。

因《ちな》みにカクさんはアヴィ家の有能料理長である。

二人共に茶色の瞳《ひとみ》と髪……という一般的な容姿の男性で、料理長のカクさんは最近……『白髪《しらが》が急に増えて……しかも年のせいか、薄くなってきた気がするんだよな……』そうぼやいていることが増えたらしい。

もしかして……私の薬の出番？　前のは封印されちゃったけどさ。作っちゃう？

……まあ、それはひとまずおいといて。

この二人はベテラン料理人であるのと同時に……アイスクリームの信者でもある。

だからこそ、ノブさんが用意してくれた材料にピンときたのだろう。

「はい。大人のアイスクリームですよ。このまま作業を見ているのなら感想を下さいね？」

今回もあっという間に無くなりそうなので、かなり多めに作ろうと思う。

私が食べる分がなくなるのは避けたい。……というか、今回は絶対に譲らないからね⁉

無くなる前にちゃんと取っておかないと！

スケさんとカクさんは『大人のアイスクリーム』作りも気になっているようだが、先程まで私が作っていたドライフルーツやドライフルーツのメイ酒漬けが気になるようで、瞳をキラキラと輝かせながらノブさんの説明に聞き入っている。

「ドライフルーツのメイ酒漬けは、焼き菓子に加えてもおいしいですよ。そうするとメイ酒のお陰でしっとりして、尚且《なおか》つ日持ちします。使い方次第では料理の香り付けにも使えますねー」

私はたくさんの卵を卵黄と白身に分けながら、ノブさんの説明に補足を加えた。

こうして卵黄と卵白に分ける作業は手間だが嫌いではない。殻が半分に綺麗に割れれば楽しいし、ツルンと卵白が容器に落ちていく様子を見ているのは面白い。

だけど……流石《さすが》にこの量はきつい。もう二十個近くは割っているのだ。

ふう……。

二十個目の卵を分け終えた私は大きな溜息《ためいき》を吐いた。

みんなに手伝ってもらえばよかったかもしれない。

ふと、視線を感じたのでそちらを見ると……三人が私を凝視していた。

……おっと？

「どうかしましたか？」

私を見る三人の目は血走っていて、とても怖い……。

「そのアイディアを頂いてもよろしいでしょうか！」

料理長のカクさんが私の方へズイッと歩み寄って来た。

……ち、近いな⁉

私はにこやかな笑みを貼り付けたまま半身を引いた。

「ええと……どうぞ、ご自由に？」

「ありがとうございます‼」

三人は綺麗に同じ角度で深々と私に向かって頭を下げた。

……カクさんが欲しいと言ったアイディアは、メイ酒漬けの活用方法ね！

決して卵の割り方ではない。卵の割り方に異世界は関係ない！

「ドライフルーツに向く果物と向かない果物がありますから、色々と試すといいですよ？」

アイスクリームが絡むと厄介な信者達だが……料理人としての能力や熱意、探究心は本物なのだ。

私はそんな彼等《かれら》の熱さが嫌いではない。

夢中になれる何かがあることは凄《すご》いことだ。彼等には是非ともこの道を極めて欲しい。私の為《ため》に。

……なんてね。そろそろ次の作業を開始しようか。

私が作ろうとしているのは、大量《たいりょう》のアイスクリームなのでチートさんに頑張ってもらおう。

大きなボウルに入っている大量の卵白を、砂糖を少しずつ加えながら魔術で操作した泡立て器で混ぜて固めのメレンゲを作ったら、別の容器で砂糖を加えつつ生クリームを八分立てに泡立てる。

分けておいた卵黄をまた別の容器で砂糖を加えながら泡立てる。

そうして泡立てた生クリームや卵黄、メレンゲを全部一緒に混ぜ合わせたら……ここで本日の主役の登場だ。

私の目的は『ラムレーズン』だけだったが、今回は全部で三種類もドライフルーツのメイ酒漬けを作ったのだ。せっかくなので全種類を入れてみた。小さな粒のモスクはそのままで、レップルやアーマスは適度な大きさに細かく切った。

それらをアイスクリームの素《もと》に加えて、よく混ぜ合わせる。

これをチートさんで凍らせたら……

『ラムレーズンアイスクリーム』ならぬ、『しっとり濃厚メイフルーツアイスクリーム』の完成だ――！

紫、黄、オレンジの配色が交じってとてもカラフルで可愛《かわい》い仕上がりだ。

パチパチパチパチ。

私の背後からは完成を喜ぶ拍手が聞こえてきた。

見学をしていた三人よりも拍手の数が多い気がするのは……アレだ。絶対にあの人がいるからだ。

……振り返るのが怖いけど、このまま振り向かないわけにはいかない。

私は覚悟を決めて振り返った。


そこにはノブさん、スケさん、カクさん。安定の神出鬼没なお兄様。そして…………

「……お母様？」

私に似た面影を持つ女性を見つけた。思わず口を開けたままポカンとしてしまう。

我ながらきっと間抜け面をしているだろう。

え？　……どうしてお母様がここに？

いや、いてもいいのだけど……！　どうして……？

「楽しそうだからルーカスに付いて来ちゃったわ」

フフッと可憐《かれん》に微笑《ほほえ》むお母様。

蜂蜜《はちみつ》色の長い髪を緩く一つに編み込んだ、私と同じアメジスト色の瞳を持つ【ジュリア・アヴィ】は、十五歳と十二歳の子持ちとは思えないくらいに若くて綺麗《きれい》な女性である。

『付いて来ちゃったわ』……って！　ノリがいいな!?

そんなお母様の横には、瞳を細めながら物言いたげな視線をこちらへ向けてくるお兄様の姿があった。

その顔には……『僕に黙って何してるの？　後で覚えておいてね？』と書いてある気がする。

私はお兄様からそっと視線を逸《そ》らしながら、素早く人数分のアイスクリームを器に盛り付けた。

アイスクリームが載った器は、ノブさん達が配ってくれるので私は盛り付けに集中した。

取り敢《あ》えず……今は気にしちゃ駄目だ！

念願のアイスクリームを味わうのだから……！

「いただきます」

私はかすかに震える手で、アイスクリームにスプーンを差し入れて一口分を掬《すく》い上《あ》げた。

そのまま口元にスプーンを近付けると、メイ酒の香りが鼻先を擽《くすぐ》ってきた。

私はその匂《にお》いにうっとりとしながら、口の中にスプーンを運んだ。

…………っ!!　私が求めていたのはコレだ！

感激のあまりに涙が出そうになった私は、片手でグッと目頭を押さえた。

フルーツの甘味と酸味がメイ酒の芳醇《ほうじゅん》な甘い香りと混ざり合い……やや強めのアルコールを濃厚なアイスクリームが見事に中和してくれている。

こんな幸せなことはない。私は黙々とスプーンを動かし続けた。

……うん。これでまた暫《しばら》くは頑張れる……！

「これは……！」

「この芳醇な香り……メイ酒が入っただけで、こんなに上品なアイスクリームに仕上がるとは！」

「やっぱり……アイスクリームは至高の食べ物だ！」

ノブさん達は瞳を見開きながら興奮気味に感想を言い合い……みんなで一斉に号泣し出した。

「うおぉー‼　幸せだ――‼」

そ、そうか……。号泣するほどに幸せになってもらえて…………何よりです。

って……あれ？　私もこの三人と同じ……だと？

いや、でも実際に泣いてないからセーフだよね？　セーフ……だよね⁉

「へえ……これが大人のアイスクリームか。色んなバリエーションがあるなんて、流石はアイスクリームだね」

お兄様は満面の笑みを浮かべながら頬張《ほおば》っている。

そしてこの人は……。

「あら～。フルーツがたくさんでおいしいわね」

ニコニコと微笑みながら、優雅にアイスクリームを食べ進めている。

私はそんな穏やかなお母様の様子にホッと胸を撫《な》で下《お》ろした。

実は……最近、お母様がちょっと苦手なのである。

私と同じ色彩の髪と瞳を持ち、顔もよく似ているお母様だが、悪役令嬢の私の特徴であるつり目ではない。

普段はニコニコと愛想のいい、穏やかで優しそうな顔をしたお母様なのだが……よくよく見ると瞳が全く笑っていないのだ。そう……誰かさんみたいに。

ゲームの中でのお母様は、魔物に襲われながらも最期まで夫を支え続けた芯《しん》の強さと健気《けなげ》さを兼ね備えた女性だった。

……別に、控え目さや健気さを母親に求めたいわけではない。

外見はお兄様にそっくりなお父様が実は結構なヘタレ体質で、私にそっくりなお母様が魔王体質だとは誰《だれ》も思うまい……。私も最近まで気付かなかったのだから。

あの日は確か、ダンジョンの地下八階層を攻略した日の夜更《よふ》けだったと思う。

喉《のど》の渇きで目覚めた私は、わざわざ侍女のマリアンナを呼ぶことに躊躇《ためら》い、水を貰《もら》う為に自らの足で調理場に向かっていた。

途中にある書斎の隙間《すきま》から光が洩《も》れているのに気付いて、何の気なしに中を覗《のぞ》き……そしてすぐに後悔した。

そこからは、お父様がお母様に向かって土下座をしている姿が見えたからだ。

多分ではあるが……羽目を外し過ぎたお父様を筆頭とした大人の行動を、お兄様がお母様にチクったのだと思う。

『愛してるから捨てないで……！』そう許しを乞《こ》いながら床に頭を擦《こす》り付けて土下座をするお父様

と、そんなお父様を微笑みながら黙って見下ろすお母様……。

両親の力関係が垣間《かいま》見《み》えた瞬間であり……今まで優しいと思っていた母親の裏の顔が見えた気がした瞬間でもあった。

やはり、ゲームと現実は違っていたか……。

流石は優秀な元魔術師。そして、魔王様《おにいさま》の母……！

「あっちの瓶に入ってるのは何かしら？」

お母様がドライフルーツの入った三つの小瓶を指差す。

「……これはドライフルーツと言って、フルーツを乾燥させた物なのですが、美容にとてもいいのですよ」

「まあ！　美容に？」

ビクビクしながら答えると、お母様の瞳がキラリと輝いた。

あっ……。私はお母様のスイッチを押してしまったらしい……（汗）？

「食べてみてもいいかしら？」

「……はい。どうぞ」

三種類のドライフルーツを一つずつ取り出して小さなお皿に載せてお母様へ渡すと、お兄様も欲しがったので同じように小皿に載せて渡した。

「これは……モスクと、レップル……それにアーマスかしら？」

お母様はドライフルーツ達と睨《にら》めっこをしている。

「ああ。これはアイスクリームに入っていたフルーツだね」

そんなお母様とは対照的に、お兄様はパクパクとあっという間に食べ終えてしまう。

「母様、おいしいですよ？」

「ええ。私も食べてみるわね」

お母様はそう答えると、モスクを指で摘まんで口の中に入れた。

「……おいしいわ！　アイスクリームに入っていたのとは少し食感が変わるけど……噛《か》めば噛むほどに、濃厚だけど決してしつこくない優しい甘さが口の中に広がるわ」

お母様の瞳《ひとみ》がカッと大きく見開かれる。

「おいしいのに美容にいいだなんて……素敵だわ！」

興奮気味に呟《つぶや》いたお母様は、今度はレップルを口に運んだ。

「ドライフルーツは『スーパーフルーツ』と言われるほどに身体《からだ》にいい食べ物ではありますが、食べ過ぎはよくないですよ」

「そうなの？　こんなにおいしいのに……たくさん食べられないのは残念ね」

お母様は私の説明を聞きながら大きく頷《うなず》き、最後にアーマスを摘まんだ。


この世界のフルーツを、和泉《いずみ》の世界のフルーツに置き換えるのならば…………

【モスク】（桃）
疲労回復、高血圧予防、便秘解消。

【レップル】（パイナップル）

新陳代謝アップ。便秘解消。脂肪燃焼効果。

【アーマス】(葡萄《ぶどう》)

ポリフェノールが豊富。シワ、シミ、たるみ等の肌トラブルの解消、アンチエイジング。貧血予防。

と、いったところだろうか。

遠回しに、『こんな効果があるらしい』と補足を加える。

「そうなのね⁉」

途端にお母様の瞳がギラリと輝き出した。

私の両手を握りながら食い気味に近寄って来るお母様の迫力に、私の腰は完全に引けてしまっている。

「よろしければ……このドライフルーツは差し上げますよ？」

「いいの⁉」

「はい。フルーツがあればまた作れますから」

「嬉《うれ》しいわ～！　ありがとう！」

お母様は嬉しそうに私をギュッと抱き締めた。

目の端にはショボンとしているノブさん達の姿が映り込んだ。

……もしかして、このドライフルーツが欲しかったのかな？

そんなに落ち込まなくても、また作ってあげるのに……というか、レシピ教えるよ？

そんな彼等をフォローするかのように、お兄様がお代わりのアイスクリームをよそってあげているが……ちゃっかりと自分の器にまでアイスクリームを盛っていませんか？

それって自分が食べたいだけだよね⁉

私のアイスクリームが、このままでは全《すべ》てお兄様達に食べ尽くされてしまう。

しかし、止めに行こうにもお母様に抱き付かれたままなので身動きが取れない。

「あの……お母様？」

ギュッと更に腕の力が強まった。これでは逃げられない……？

驚いた私がお母様を見ると……瞳を細め、口元に笑みを浮かべたお母様と目が合う。

えっ…………？

「ねえ～。シャ、ル、ロ、ッ、テ？」

「……何ですか？」

嫌な予感がする。……というか嫌な予感しかしない。

全てを見透かされたような視線に、私は身体を強張《こわば》らせた。

「あなたはだあれ？」

全く笑っていない瞳が私を見下ろしていた。

……ゾクリと背筋が震えた。

「……っ⁉」

私は、和泉の記憶が戻ったことをお母様達に話していない。

だってこんなこと簡単に言えるわけがないじゃないか……。

まさか、自分の娘の中に違う世界で二十七歳まで生きていた和泉《他人》の記憶が混じっているだなんて……誰《だれ》が想像できる？

お兄様は私を受け入れてくれたが、お母様達が受け入れてくれるとは限らない。

拒絶されてしまったら……私はどうしたらいいのだろう？

……そう考えると何も言えなくなってしまったのだ。

「どうして十二歳のシャルロッテが、大人さえも知らない知識を持っているのかしら？」

「ええ……と、そ、それは……」

「もしかして何かの本かしら？」

「……はい！　実は！」

「お母様もその本に凄《すご》く興味があるから是非とも教えてくれないかしら？」

「で、でも……！　お母様には多分つまらないと思いますよ？」

「そんなことはないわよ？　シャルロッテが好きな本なら、難しい内容だってお母様は頑張って読むもの」

微笑《ほほえ》みながら、どんどん私を追い詰めてくるお母様。

……以前、リカルド様と話している時にもこんな話になったことがあったが……。

あの時のリカルド様は不審な私を敢えて逃がしてくれたのだと気付いた。

その証拠に、お母様は私を腕の中から解放はしたが……この話題から逃がす気がないのが分かったからだ。

どうしよう……。どうしたらいい……？

さっきからずっと冷や汗が止まらないし、心臓は痛いくらいにバクバクと早鐘を打ち続けている。

「そんなに青い顔して、どうしたの？　具合でも悪いのかしら？」

ああ……。ここで倒れることができたらどんなに楽だろうか。

「ふふふっ。本当はそんな本なんて存在しないから困っているんじゃないのかしら？」

小首を傾《かし》げて微笑むお母様。

こうして黙っている間にも、お母様は私を容赦なく追い詰めてくる。

こんな時……何て言えばいいの？

この場を乗り切る為《ため》の……お母様を論破するのに充分な言葉が思い浮かばない。

……怖い、怖い、怖い。

この先に待ち受けていることを想像するだけで震えそうになる。

以前のシャルロッテを返してと言われたら……私は…………。

ギュッとスカートを握りながら、溢《あふ》れ出そうになる涙を唇を噛み締めて必死に堪《こら》える。

まだ……泣いちゃ駄目だ！　最善の策を考えるんだ……！

ここを乗り越える為の打開策があるはずだ……！

その時…………。

「シャ、ル、ロ、ッ、テ？」

お母様はトドメとばかりに瞳を細めて微笑みながら、含みのある声音で私の名を呼んだ。

もう……駄目だ。

必死で張っていた虚勢が、ガラガラと音を立てて崩れ落ちていくような気がした。

こうなったら、全てを正直に話すしかない……。

全てを話した後に和泉《わたし》を受け入れてもらえないなら……一人で邸《やしき》を出るしかない。

私にはチートさんがあるから、一人で生きて行くのにもきっと……困らないだろう。

だけど………。

涙が目尻《めじり》から溢れそうになった瞬間。

「母様、そこでストップ」

お兄様の優しい声と温《ぬく》もりが背後から私を包み込んだ。

「おにい……さま？」

後ろを振り返ると、お兄様は私を抱き締めたまま見下ろし、ニコリと優しく笑った。

「シャルは何も心配しなくても大丈夫だよ」

……『大丈夫』？

この状況の何が大丈夫だと言うのだろうか。

「大丈夫。何の問題もないから」

なのに、お兄様は更にまた『大丈夫』と言葉を重ねたのだ。

「……本当に？」

私は、お兄様のジャケットの袖《そで》をギュッと掴《つか》んだ。

「うん。だから泣かないで」

お兄様は私の目尻に溜《た》まっていた涙を拭《ぬぐ》った後に、頭を優しく撫《な》でてくれた。

「母様。やり過ぎです。これ以上、シャルを苛《いじ》めるなら僕も怒りますよ？」

そうして、非難混じりの声でお母様に向けて告げた。

「もうー！　そんな怖い顔しなくてもいいじゃない！」

お母様がお兄様に向かって拗《す》ねたように頬を膨らませる。

「ルーカスから、あなたに贈り人《和泉さん》の記憶が戻ったと聞いて……色々話したいことがあったのに、ルーカスとばかり仲良くしてるから……つい意地悪したくなっちゃったの。ごめんなさいね？」

お母様は悪戯《いたずら》っ子のように舌をペロッと出した。

お母様の可愛《かわい》いテヘペロ頂きました！

って……違う！　この状況では可愛いなんて思えないよ!?

……え？　お母様は和泉を知っている？　これは、一体どういうこと？

あれ？　でもこんな件《くだり》があったような……？

私の頭の中は混乱し過ぎて真っ白だ。

「つまり、シャルが秘密にしていたと思っていたことは、既にみんなが知ってたってことだよ」

「……はっ？」

「君は無駄に悩み過ぎて言えなくなるタイプみたいだから、僕がちゃんと説明しておいたよ？」

首を傾げながら笑うお兄様。

……何ですと!?

「い、いつですか？」

「ん？　ダンジョン調査に入る前だよ。『場合によっては君のことを全部話す』……って僕言ったじゃない？」

ああ……あの時か！　確かにそんな話をしたよね。

って……！　だったらもっと早く教えてくれてもよかったんじゃ……!?

ふと周りを見渡せば、ノブさんやスケさん、カクさんが笑いながら大きく頷いていた。

「だから、シャルがどんな魔術を使っても邸のみんなはそんなに驚かなかったでしょ？」

そ、それは……確かに？

アイスクリームもタンサン水もドライフルーツも属性を無視してチートさんの使い放題だった。

ダンジョン調査中だって……。

ということは……だ。

……こんなにみんなはしっかりと和泉を受け入れてくれていたというのに……私は一体何を怖がっていたのだろうか？

って、いやいや……私はこの事実を知らなかったからね!?

呆然《ぼうぜん》とする私の頬に、フワッと温かい何かが触れた。

「あなたが『赤い星の贈り人』だということは、赤ちゃんの頃《ころ》から分かっていたわ」

……それは私の頬を包み込むお母様の手だった。

そう話を始めたお母様は、先程までの意地悪な眼差《まなざ》しではなく、愛《いと》しい我が子に向けるような優しい母親の眼差しに変わっていた。

「当時、三歳のルーカスが生まれたばかりのあなたを見て、『シャルの瞳《ひとみ》に赤い星があるよ』って言ったの。すぐに知り合いの口の堅い鑑定持ちの魔術師にも見てもらったわ」

そうして私の《赤い星》が正式に判明した。

この世界において稀有《けう》な存在である贈り人の私を守る為に、邸の使用人達全員に箝口令《かんこうれい》が敷かれた。

たくさんの使用人達を抱えるアヴィ家。誰かの口から漏れてもおかしくないのに、今まで誰からも秘密を匂わせるような発言を聞いたことはない。何と口の堅いことか……。

私が生まれた時から、みんなは秘密を知りながらも普通に接してくれていたのだ。

「これでも……あなたが何を悩んで、考えているかは分かっているつもりよ？　だって、私はシャルロッテの母親だもの。あなたが贈り人であろうと、なかろうと、私の大切な娘であり……私達のかけがえのない家族の一員なのに変わりはないわ」

「お母様……」

心の中にスポンジがあるみたいに、お母様の言葉がジワッと……しっかり心の中に染み込んでいく……。私はこの世界でも守られ……愛されていた。

不慮の事件で死んだ和泉《わたし》が、異世界でこんなにも幸せな気持ちになれるだなんて……。

一度は引いたはずの涙がまた溢れてくる。徐々に視界が奪われ……

「シャルロッテ」

お母様は大きく手を広げて、お兄様ごと私を抱き締めた。

「愛しているわ。お母様はあなた達の幸せをいつも願ってる。シャルロッテ、ルーカス。私の子供に生まれてきてくれて本当にありがとう」

お母様のこの言葉で、私の涙腺《るいせん》は完全に決壊した。

この言葉はゲームの中のスタンピードの際に、お母様から託された最期の言葉に似ていた。

ゲームの中では伝えられることのなかった言葉が……こうして今、別な形でお兄様にも届けられた。お父様もお母様も邸のみんなも生きているこの状況で、だ。

この幸せは絶対になくさせない。

ダンジョンの残りの地下二階層部分は、何が何でも攻略してやる。

……と、私の覚えている記憶はここまでだ。その後の記憶はない。

お母様にしがみ付いたまま泣き続けて……『気が付いたらベッドの上だった』というお決まりのパターンをしてしまった。

この展開は何度目だ……私。

しかも、更に考えれば……厨房《ちゅうぼう》で何やってんの！　という話だが……。

あの日。記憶を取り戻して以来、ずっと不安に思っていた精神的な負担が解消されたのは大きかった。心が凄く軽くなった。

恐らく……近くでハラハラしながら見守ってくれていたノブさん達には、今度お礼に特別なアイスクリームを作ってあげることに決めた。

アイスクリームといえば、多めに作ったメイフルーツアイスクリームの行方《ゆくえ》だが……。

私が泣き疲れて眠っている間に、邸のみんなにおいしく頂かれていた。

それならまた作ればいいやと思ったのだが、お兄様から『待った』がかけられてしまった。

『濃厚なアイスクリームの味が、アルコールを薄めてくれている気がするだけだから、特別な日にしか作っちゃ駄目だよ？』……と、魔王様《おにいさま》に凄まれた。

結局、少ししか食べられなかった……でもまあ、いいけどね！　ふふふっ。

しかし、これでもお兄様は随分と譲歩をしてくれて、アルコール成分が減る調理法であればメイ酒漬けのドライフルーツを加工して使っていいと言ってくれたのだ。

まあ、今後の道（お酒の）は開けたのだから、当面の間はその風味だけでも味わえればいいと思うことにする。

……そして、お母様は見事にドライフルーツにはまった。

私が渡したドライフルーツを食べ始めた途端に、便秘や貧血が解消され……お肌がプルプルのツルツルになり、更に若さに磨きがかかったのだという。

そんな劇的な（？）変化を遂げたお母様からの口コミで、ドライフルーツの噂《うわさ》が広まり……。

ドライフルーツの存在はあっという間にこの世界に浸透した。

メイ酒漬けドライフルーツも一緒に浸透してくれたので、一気に調理のバリエーションが増えた。

お陰で、私が手間暇かけなくてもおいしい物が食べ放題だー‼

ドライフルーツによるアンチエイジングの効果か、ゲームには存在しなかった私の双子の弟妹《きょうだい》が誕生することになるのだが……。まだそれを知らない今の私は、魔王様《おにいさま》達への貢物をせっせと作り続けるのだった。

第二章　ロッテ誕生！

悩みごとが減ってきたお陰か、毎日がとても充実している。

お酒が飲めないストレスはあるが、お母様からお願いされたドライフルーツ作りをしたり、ドライフルーツを作ったり、ドライフルーツを作ったり、ドライフルーツを作ったり………

って……あれ？

ドライフルーツしか作っていないじゃないか！


ピチピチになったお母様の影響で、巷《ちまた》のマダム達の間では『ドライフルーツブーム』到来なのだ。

ドライフルーツの作り方を知りたいという人には、作り方のレシピを渡しているし、誰《だれ》にでも簡単に作れるはずなのだが……それでは駄目らしい。

私が作った物は何かが違うのだそうだ。

明確に何が違うのかというと……私の作ったドライフルーツには『即効性』があるのだ。

フルーツの種類にもよるが……食べた瞬間からお肌がピチピチになる。

しかも一度食べただけで、一週間くらい効果が持続するらしい。

……こ、これはもしかしなくてもチートさんのせいに他ならない。

この話を聞いた私は、ゴクリと唾《つば》を飲み込んだ。

公爵夫人であるお母様が製造元《私》を必死に隠してくれているから、この程度で済んでいるのだが……。万が一身バレでもしたら、このまま一生ドライフルーツ製造機となる運命が見える。

女の人怖い……。

私は身震いしながら自分自身を抱き締めた。

改めて自分の規格外な能力を認識した気がする。あと、迂闊《うかつ》さも……だ。

マダム達に暴動を起こさせない為《ため》にも、今後もある一定量のドライフルーツを作り続けなくてはならない。チートさんのお陰で大変ではないが……こんな不自由な生活なんて嫌だ！

私は大好きなお酒を飲みながら平穏無難に尚且《なおか》つ自由に過ごしたいのである。


「……で、今日は何？」

アルビノであることを理由に、実の家族から殺されそうになった魔道具開発の若き天才ミラ。彼は今やアヴィ家の大事な居候兼、攻略対象者でありながらも私の気の置けない友人の一人でもある。

そんなミラの部屋に突撃した私は、現在この部屋の主《あるじ》たるミラに睨《にら》まれている。

勢いで部屋を訪ねたまではよかったのだが……。

……流石《さすが》に自分のしでかしたことの後始末をミラに手伝って欲しいとは言い難《にく》い。

「ええと……ミラに作って欲しい物があるんだけど……」

その為にハッキリとお願いし辛《づら》いのだ。

手元をモジモジさせながら困り顔で告げると……深い溜息《ためいき》を吐《つ》いたミラは今まで作業していた机

の前から立ち上がり、扉の前にいる私の方へと向かって歩いて来た。

……あれ？

私と並んだミラを見て違和感を覚える。

「……何？」

ミラは少し不機嫌そうに眉間《みけん》にシワを寄せながら、こちらをジッと睨んでいる。

「ミラ、背が伸びたんだね！」

少し前は殆《ほとん》ど変わらなかったのに、いつの間にか少しだけ抜かされていた。

背比べをするようにミラの頭に手を翳《かざ》すと、今度は呆《あき》れたような眼差《まなざ》しを向けられた。

「成長期だし」

「そっかー……。ミラは男の子だもんね……」

「ってか、何なの？　何で今日はそんなに暗いわけ？　怖いんだけど!?」

……失礼だな。こら。

人がしおらしくしてれば『怖い』とか言って。

「んー。自分の迂闊さが身に染みて……」

「……今頃《いまごろ》？」

「今頃って何!?」

「今まで散々好き勝手にしといて……今？　まあ、話だけは聞いてあげるから座りなよ」

むむっ……。私が悪いとはいえ、この言われよう……。

しかし、心当たりがあるだけに真っ向から否定ができないのが悔しい……！

ソファーに誘導され、ミラと向かい合う形で腰を下ろした。

「お茶飲む？」

「あ、私がやるよ！」

「いや、ミラがやるからいい。今のシャルロッテに任せたら凄《すご》いことになりそうだし。火傷《やけど》なんてさせたくないし？」

苦笑いを浮かべたミラは、近くに置いてあったガラスのポットの紅茶セットを持って戻って来た。

「まあ、今日は少し暑いからアイスティーにしてもらったんだけどね」

火傷云々《うんぬん》は何⁉

ミラはそう言いながら、アイスティーをグラスに注いでストローを挿した。

「はい」

「ありがとう」

アイスティーを受け取った私はそのまま、チューッとストローを吸った。

冷たいアイスティーがとても爽《さわ》やかで心地《ここち》好い。

……はあ。身体《からだ》の隅々にまでじんわりと染みこむー……。

「それで？」

ストローを使わないミラは、自分の分のグラスを傾けながら尋ねてくる。

話を促された私は、ドライフルーツの件をミラに説明することにした。

「あー……。あの『幻のドライフルーツ』は、やっぱりシャルロッテの仕業だったんだ」

ミラは苦笑いを浮かべた。

「……知ってるの？」

「噂《うわさ》だけはね」

「そっかー……。実はコレなんだ」

私はポケットの中から、小さな瓶に入った紫の葡萄《ぶどう》の粒の形をした《モスク》のドライフルーツを取り出した。

モスクのドライフルーツを目にしたミラは、黙って瓶を見つめ始める。

恐らく、鑑定をしているのだろう。

「……また馬鹿みたいな効果付きのを作ったね」

瓶から視線を外したミラが、再び苦笑いを浮かべながら私を見た。

「え？　どう……なってるの？」

「ええとー」


【《モスク》のドライフルーツ。疲労回復、高血圧予防、便秘解消。若返り。効かぬなら効かせてみせようホトトギス！　超即効性。これであなたは老い知らず！　ツルツルプルプルの生まれたての赤ちゃんの肌！　これで昨日《きのう》までの自分にさようなら‼】


おっと……。いつものことながら……なんとでたらめな効能だ。

「ねえ、『ホトトギス』って何？」

「いや……うん。そこは気にしないでくれると助かるかな……」

私は天井を見上げながら遠い目をした。

どこか遠い所へ行きたいなー……。

「……あのさー、現実逃避してないでちゃんと現実見なよ」

ぐっ……！　正論が胸に突き刺さった！

「作るんでしょ？　何だか分からないけどさ」

ここを訪ねて来た本来の目的を思い出した私は、改めてミラを見た。

ミラはしっかりと私に向き合ってくれていた。

「……あのね。オーブンを作りたいの」

「オーブン？」

「そう。温めたり、乾燥させたり……ドライフルーツを作る為《ため》の道具……なんだけど、私がイメージしたのをミラが形にしてくれたら、見てもらったみたいな効果って付くかな？」

「んー。それはどうだろう？　完成してみないと分かんないかも」

「……そっかー。多分、それが作れたら問題は全《すべ》て解決すると思うんだよね」

「ふーん。大きさは？」

ミラに聞かれて私は考えた。

和泉《いずみ》の世界の普通サイズのオーブンを考えていたが、もう少し大きい方がいいかもしれない。

大は小を兼ねるのだ！　そして、大きくても軽い物がいい。

「うーん……。一メートル四方の箱型？」

「そんなに大きいのが欲しいの⁉　……魔力足りるかな……」

ミラは困ったように頬を掻《か》いた。

「足りなかったら、私のあげるよ？」

ケロリと言う私に、ミラはジトッとした眼差しを向けてくる。

「そうだった。……シャルロッテは規格外なんだっけ」

「規格外なのはミラも一緒だよ！」

「……お願いだからシャルロッテと一緒にしないでくれる？　ていうか、魔石が大量に必要になるけど、そっちは大丈夫なの？」

「うん！　お母様にお願いしたら、お父様がたくさんくれたよ！」

ソファーから立ち上がった私は、部屋の隅の邪魔にならない所まで移動をし、斜め掛けにしていた小さなポシェットをひっくり返した。

するとその中からは、ポシェットの容量を遥《はる》かに超えたとんでもない量の魔石が、ジャラジャラと零《こぼ》れ落ちてきた。

「ちょ……！　それ！　異空間収納バッグなの⁉」

ミラは瞳《ひとみ》を見開き、魔石がポシェットの中から落ちてくる様子を呆然《ぼうぜん》と見つめている。

「ミューヘン辺境伯から貰《もら》ったんだー」

エルフの里でのサイラスの件に巻き込んでしまった『お詫《わ》び』だそうだ。

ミューヘン辺境伯は、ユナイツィア王国と隣国との境目を守る重要な位置を強固に守り固めている屈強な喰《く》えない老人であり、攻略対象者である【サイラス・ミューヘン】の父方の祖父でもある。

他意がありまくりの気がするが……使える物はありがたく貰う主義だ！

……なんてね。お兄様が『貰っておいたら？』と言ってくれたので喜んで頂くことにしたのだ。

パッと見は白いレースの付いた可愛《かわい》いポシェットなので、普通に持ち歩くことが可能だ。

ミラにお願いしようと思っていたのに、予想外なところから頂いてしまった。

「……辺境伯とも知り合いなんだ？」

「んー。成り行きで……かな」

呆然としながら尋ねてくるミラに私は苦笑いを返した。

「成り行きで……って、どんな成り行きで辺境伯から贈り物を貰えるのさ！」

私から望んだことではなかったのだから、仕方がないじゃないか。成り行きには変わらない。

そんな話をしている内に、最後の魔石がパラッと床に落ちた。

……因《ちな》みに、このポシェットだが……欲しいと思った物だけを取り出せる仕組みなので、こうして逆さまにしても他の物は落ちてこないという優れ物である。

「……足りる？【鳳来獣《ほうらいじゅう》】の魔石だってお父様が言ってたけど？」

【鳳来獣】とは、雨血《うけつ》とはまた違う炎を纏《まと》った鳥のような魔物である。業火の如《ごと》き熱き炎を纏った魔物の魔石なら、オーブンに最適だろうと私が勝手に判断をした。

呆然とした表情から、唖然《あぜん》とした表情にシフトチェンジしたミラ。

……あれー？　何か変なこと言ったかな？

私は考えながら首を捻《ひね》った。

「おーい？」

唖然としたまま動かないミラの目の前で、手をヒラヒラと動かすと……。

「……全く、もう！　規格外過ぎる！」

ミラが急にケラケラと笑い出した。その声はどんどん大きくなり、大爆笑となった。

……壊れた？

「壊れてないし」

あれ……？　私……声に出した？

「はいはい。いいからさっさと作るよ」

ミラは目元の涙を拭《ぬぐ》いながら私の側《そば》へ来た。

今までの流れは、そんなに涙が出るほどにおかしかった？

「じゃあ、この魔石にシャルロッテの持つオーブン？　のイメージを流し込んで」

「うん。分かった」

……意味が分からないが、私は黙ってミラの指示に従うことにする。

その場に座り込んで、魔石の上に右手を翳《かざ》した。

頭の中にオーブンの構造等のイメージを膨らませつつ、更にドライフルーツを作ることに特化した機能を追加していく。

ドライフルーツ作りに必要なのは【乾燥】だ。せっかくのオーブンなのだから【焼き】の機能も欲しいし、【スチーム】があってもいい。他の料理にも使えるだろうし。

ここまではいい。これからのイメージが一番重要だ。

私が作らなくても同じような効果が出るオーブンになりますように……。

そうイメージを込めると……フッと身体《からだ》の力が抜けるような脱力感を覚えた。

……ん？

私は瞳を開けて首を傾《かし》げた。

両手をグッと握ったり開いたりして確かめてみるが……特に変わった様子もないし、そんなに疲れてもいない。まだ充分に魔力は残っている。

何とも言えない気持ちは残っているが、イメージを込める私の作業自体は終了した。

「終わったよー」

ミラを振り返ると、ミラはひどく困惑した表情で私を見ていた。

「……ミラ？」

「シャルロッテ……。いや、やっぱり何でもない」

途中で話を止めたミラは、私と同じように魔石の前に座り込むと、両手をその上に翳した。

「魔力が足りなくなりそうなら合図するから、その時はよろしく」

深呼吸をしてから目を閉じたミラを近くで見守ることにする。……すぐに魔力を渡せるように。

ミラが手を翳すと間もなく、魔石はグニャリと溶けて新たな形を受け入れる準備を始めた。

溶けた魔石が大きな一塊にまとまり、まるで生きているかのようにウネウネと動きながら、段々と私がイメージした形へと仕上がっていく……。

何度見ても新鮮で楽しい時間である。

私はワクワクした気持ちでミラの作業を見守った。

一時間後。

ミラが心配していた魔力切れは起きないままにオーブンが完成した。

「でき…………たっ⁉」

「ありがとう！　やっぱりミラは凄いね！」

疲労感を纏わせながらも安堵《あんど》の笑みを漏らすミラに、ギュッと思い切り抱き付いた。

見た目は私がイメージした通りの仕上がりだ！

あとは実際に試してみるだけ！

「……嬉《うれ》しいのは充分に分かったから、離れてくれない？」

フイッと私から視線を逸《そ》らしたミラが私の肩を掴《つか》んで押《お》し退《の》ける。

「ごめん。……つい」

私はペロッと小さく舌を出して謝った。

……あれ？

横を向くミラの顔が赤く見えるのは気のせい……？　部屋が暑いのかな？

今日のミラは分からないことばかりである。

「試作用のフルーツを貰ってくるね！」

軽く首を傾げた私はそう言いながら部屋の扉を開けて……固まった。

「へっ⁉」

扉を開けると、目の前にマリアンナが立っていた。

「シャルロッテ様、どうぞ」

ニコリと微笑《ほほえ》みながらトレーを差し出してくるマリアンナ。

そこには《レップル》と《アーマス》が、一口サイズに切られた状態でお皿に載せられていた。

……ええと？

この私の想像の先を行く予想外な展開には正直付いていけてない。

どうしてマリアンナがここに？　しかも私が欲しい物を持って。

……こんなにも絶妙なタイミングでだ。

「あ、ありがとう？」

困惑しながらもトレーを受け取ろうとするが、マリアンナはトレーを持ったまま部屋の中に入って行ってしまう。

「シャルロッテ、早かったね。って……へっ？」

完成したオーブンを興味津々で眺めていたミラも、思いがけないマリアンナの登場には驚いたようだ。瞳を見開いてポカンとしている。

そんな私達に構わずに、スタスタと部屋の中を進んで行くマリアンナは、トレーをテーブルの上に置いた後に、扉の方へ戻って来たが……部屋を出ることなく扉の横に控えた。

「マリアンナ？」

一体どうしたのだろうか。今までこんなことはなかったのだが……。

「お二人共、私のことはお気になさらずに。どうぞ、作業をお続け下さいませ」

いやいやいやいやいや！　気になるから！

チラッとミラを見ると、ミラは肩を竦《すく》めながら首を大きく横に振った。

これは、マリアンナの好きにさせていいということだろう。

……この状況から察するに……マリアンナは扉の外で私とミラの会話を聞いていたことになるのだが……。一体、何の為《ため》に？

そして、私の指示でもないのにこの部屋に勝手に留《とど》まり続ける理由とは……いかに？

ただ、なんとなーくお兄様やお母様が絡んでいる気がするが……あの二人の考えを読むことは私には難しい。

考えても分からないことは…………考えない！

うん！　これでもう気にならない！　気にしない！　気にしたら負けだ！

……ということで、マリアンナにも協力をしてもらいながら、床の上に直置《じかお》きされたままだったオーブンをテーブルの上に載せた。

一メートル四方……と、まではいかなかったが充分な大きさのあるオーブンが完成した。

その見た目に反してとても軽かったことには、ミラとマリアンナ、そして私も驚いた。

そんなミラとマリアンナに見守られながらオーブンの扉を開けて、その中にフルーツの載ったお皿を入れた。扉を閉めたら……スイッチオンだ。

ミラとマリアンナはオーブンの中を無言のままジーッと見つめている。

うん、うん。オーブンの中って見てると楽しいよね！

中は回転式になっているので、入れたお皿がゆっくりと回っている。

因みにこのオーブンは、扉に取っ手が付いており、上から下にパカッと開けるタイプである。

ヘル◯オのオーブンをイメージしてみた。色は白でオーブン正面の右側には操作パネルが付いている。これで【乾燥】や【焼き】、【スチーム】等々の調理方法を選択する。焼き上がりは自動設定で、丁度いい具合にオーブンが判断して焼き上げてくれるという、チート仕様だ。

この世界に電気はないが、【鳳来獣】の魔石を加工して作ってあるこのオーブンは、定期的に魔力を流すだけで反永久的に使用が可能だ。

イメージした私も私だけど……これを忠実に再現できるミラだって、充分に規格外のチートだと思う。

……言ったら睨《にら》まれそうだから、今は言わないけどね⁉

チーン。

……おっと。こうして色々考えている内に、試作第一号ができ上がったらしい。

私はいそいそとオーブンの扉を開け、中からお皿を取り出した。

あれー⁉　いい感じに乾燥したドライフルーツができてるんじゃない⁉　しかも艶々《つやつや》だ。

これは期待が持てるんじゃない⁉

「ミラ。早速だけど鑑定してくれる？」

でき上がったドライフルーツのお皿をミラの前に差し出すが…………

「…………」

ミラから返事がない。

「ミラ……？」

ミラもマリアンナも同じように、お皿の上に載ったドライフルーツに釘付《くぎづ》けになっている。

「……おーい？」

呼び掛けても、目の前でうるさいくらいに踊ってみても、二人から反応がない。

……私はレップルの薄切りを二人の口にそっと差し込んでみた。

すると、差し込んだレップルはあっという間に二人の口の中に吸い込まれていった。

おお……。食べた！

途端に二人の瞳がカッと見開かれた。

「……っ⁉」

「な……⁉」

悶絶《もんぜつ》するかのように、床の上でのたうち回り始めるミラとマリアンナ。

……怖い。二人の行動が意味分からなすぎて怖い！

効果はともかく、味は普通のドライフルーツのはずだ。……そんなに悶《もだ》えるほどじゃないよね？

私はそんな二人を一歩引いた目で見ながら、自分の口の中にもレップルを入れた。

「こ、これは……⁉」

私は驚愕《きょうがく》した。

はっきり言って、私が魔術で作ったドライフルーツよりも格段においしいのだ。

しっとりと濃厚なのに、しつこくない上品な甘みが一瞬にして全身を駆け巡る……この感覚。

二人の奇妙な行動の理由がやっと分かった。

これは悶えたくもなるよね⁉　……思い切り引いてごめん。

しかし、なんだこれは……。自慢じゃないが私の中のチートさんはとても万能だ。

そのチートさんが、このオーブンに……負けただと？


「【《レップル》のドライフルーツ。新陳代謝アップで、お肌は超ピッチピチ！　便秘だって即効改善！　奥さん……しかも実はこれ……痩《や》せるんです。嘘《うそ》じゃないんですよ。確実に美しく痩せさせます！　今なら、使用後も安心の全額返金保証付き！　これで痩せなかったら諦《あきら》めて下さい！　理想のプロポーションはあなたの物。電話番号は（0120-＊＊＊-0930）オクサマまで。たくさんのお電話をお待ちしております！　byシャルロッテ通販】……？」

いつの間にか鑑定をしていたミラがボソリと呟《つぶや》いた。


……はい？

この通販番組みたいな効果説明は一体……。

『byシャルロッテ通販』って何⁉　そんなの知らないよ⁉

もう、滅茶苦茶《めちゃくちゃ》だ。

しかも、私が作った時よりも効果アップしてるよね？

真顔でジッと見つめてくるミラから、私は逃げるようにサッと視線を逸《そ》らした。

視線を逸らした先には……。

「ドライフルーツを一口食べただけで、ウエスト回りの余計なお肉がなくなったわー！」

通販番組のサクラ並みの大袈裟《おおげさ》さで大喜びしているマリアンナが、クルクルと回転しながら部屋の中を踊り回っていた。

……こんなに嬉しそうなマリアンナは今まで一度も見たことがない。

このドライフルーツ……人格を変えるような違法な成分入ってたりしない（汗）？

確かに肌に艶が出た気はするが……私の体形が変わらないのは子供の身体《からだ》だから？

まさかそんなところまで勝手に調整してくれるの？

……チートなオーブンが作ったドライフルーツ恐るべし！

「シャルロッテ……。ドライフルーツもだけど、あのオーブンはマズイよ」

「『マズイ』って……どういうこと？」

確かに、ドライフルーツは神がかっているが……オーブン？


「【《シャルロッテなオーブン》。我が神の力にかかれば乾燥も焼きも思いのまま……！　失敗？　そんなことは有り得ない。安心してお使いなさい。至高の一品ができるでしょう！　……くっ!!　眼《め》が、右眼が疼《うず》く……!!　わ、私の中に何かが……いる!?　（はっはっはー。我が邪眼よ、全《すべ》てを焼きつくせ！　薙《な》ぎ払え!!　………くそっ！　私の邪魔をするなぁあ！）……そんな勝手は許しません！　……コホン。えー、このオーブンを使えば誰《だれ》でも一流シェフになれるでしょう！】」

ミラは光の灯《とも》らない仄暗《ほのぐら》い瞳《ひとみ》のまま淡々とそう言った。

……なんだこの中二病的な説明文は。

ええと……きっと、ユーモア機能付きのオーブンってことだよね⁉　うん！　きっとそうだよ‼

いたたまれない空気を感じた私は、素直に謝った。

「……ごめんなさい」

すると、今まで虚空をぼんやりと見ていたミラの瞳にほんのりと光が灯った。

「さっき……魔石にイメージを込めてもらった時に、シャルロッテの中から君の形をした透明なモノが抜け出てきて……それが魔石の中に入っていったんだ」

『私の形をした透明なモノ』？

ええと、それは……生き霊的な類《たぐ》いのモノですか？

イメージを込めてた時に確かに何かが抜けるような、いつもとは違う感覚がした。

……仮に、私の一部が含まれていたとしても、このオーブンは私のチートさんの能力を上回っている。それはどう説明する？

って……もしかしてこれってミラのせいじゃないの⁉

私からすればミラだって立派なチート持ちである。

【チート×チート＝？？】

だから、中二病のユーモア機能付きなんじゃないのかなー？　なんて思ったり。

……まあ、間違いなく私とミラのチート同士が作用した結果だろうけど。

「あのさ……今まで聞けずにいたけど、シャルロッテって一体何者なの？」

揺れる私の視線が、ミラの真《ま》っ直《す》ぐな視線に捕まった。

ああ……。遂《つい》にこの質問が来てしまったか。……やっぱりそう思うよね。

まあ、正直に言えば、ミラに真実を話すことに対しての抵抗は少ない。

あんなに関わりたくなかった攻略対象者だというのに自分でも不思議だと思う。

恐らくは、お兄様以外の家族や邸《やしき》のみんなが受け入れてくれていたという事実が、私の中で大きいのかもしれない。だからと言って、誰にでも教えたいわけではないし、必要以上に騒がれるのが嫌なのに変わりはないけどね。

だけど……私の大好きな心優しい獣人のリカルド様に知られるのは少し怖い。

あの優しい瞳がどんな風に私を映すのか……見てみたい気持ちもあるが、それ以上に見たくない気持ちが強い。リカルド様に拒絶されたら……私は……。

「ミラ。実は私……」

「シャルロッテ様！」

ミラに打ち明けることを決めた私の元に、正気に戻ったマリアンナが慌てて駆け寄って来る。

「ありがとう。大丈夫」

……私の味方はここにもいた。

マリアンナの存在が私に勇気をくれる。

何かを言いたそうな顔をしているマリアンナを制止した私は、ミラに正面から向き合った。

「私は【赤い星の贈り人】なんだよ」

「……贈り人？　って、まさか……女神の……？　本当に？」

瞳を見開きながら呆《ほう》けるミラにギリギリまで近付いた私は自らの瞳を指差した。

「うん。ミラの鑑定では見えないのかな？　瞳の中に赤い星があるんだって」

私の横に立つマリアンナが心配そうな表情で私を見ている。

そんな顔しなくても大丈夫だよ？

マリアンナを安心させる為《ため》に、私はニッコリと笑った。

稀有《けう》な存在の【赤い星の贈り人】。さて……ミラはどんな反応をするかな？

「……本当だ。赤い星が見える。どうして今まで気付かなかったんだろう……」

私の顔を自らの両手で固定させたミラは、何度もその角度を変えながら、まじまじと私の瞳の中を覗《のぞ》き込んでいる。

ミラさん……頭を振り回されすぎて……ちょっと気持ちが悪くなってきましたけど。

「そっか。でも……やっと理由が分かった。だから、シャルロッテは何もかもが規格外なんだ。普通の人とは違う。だから……惹《ひ》かれたんだ」

尻《しり》つぼみに小さくなっていったミラの呟きの最後の方は、聞き取ることができなかった。

ミラに聞き返してみたが、静かに首を横に振っただけで答えてくれなかった。

「黙っていてごめんね」

ミラの手を外した私は、ちょっと深めに頭を下げた。

「ちょ……！　頭は下げないで。簡単に言えることじゃないんだから仕方ないでしょ？」

「アヴィ家のみんなとミラしか……あー、王様達は知ってるかもしれない。だけど他の人には言ってないから内緒にしてね？」

私は口の前で右手の人差し指を立てた。

「……リカルド様は知らないの？」

「リカルド様には……まだ言えないかな」

「そっか……。分かった。内緒にする」

シュンと肩を落とした私の頭をポンポンと軽く叩《たた》いたミラは、何故《なぜ》か少しだけ嬉《うれ》しそうに笑った。

……どうして嬉しそうなんだろう？

首を傾《かし》げながらも笑顔のミラにつられて笑いかけた時……


「ふーん。ミラに教えちゃったんだ？」

私の背後から、この場にはいなかったはずの人の声が聞こえてきた。

「お兄様!?」

振り返った私の後ろにはいつの間にかお兄様が立っていた。

相変わらずの神出鬼没ぶりに、開いた口が塞《ふさ》がらない。

心臓に悪いから、きちんとした手順を踏んでから入室して来て欲しいと切に思う。

……叫ばなかった私を褒めてあげたい。

「分かってると思うけど、許可もなく誰かに話したら……分かるよね？」

スッと瞳を細めてミラを見るお兄様。ミラは少し青褪《ざ》めた顔で縦に大きく首を振った。

「それならいいよ」

お兄様は満足そうに頷《うなず》いた後、マリアンナの方をチラリと見た。

マリアンナはお兄様に向かって静かに頭を下げると、そのまま部屋から出て行った。

「それで、できたの？」

お兄様はゆったりとソファーに座りながらオーブンを指差した。

「え？　……あっ……はい。ま、まあ……」

なんともしどろもどろな返事になってしまった。

歯切れの悪い返事をした私を一瞥《いちべつ》したお兄様は、ミラの方へと視線を移した。

「ミラ？」

呼び掛けられたミラはビクリと身体《からだ》を大きく揺らした。

あぁぁ……。ミラが蛇に睨《にら》まれた蛙のように見える。

「実は……！」

魔王様《おにいさま》の威圧に耐え切れなくなったミラは、早々に白旗を上げた。

くっ……！　ミラの裏切り者ー!!

……って、まぁ、私がミラでもそうなるかなー……（遠い目）。

かくかくしかじか……と、ここまでの経緯を順を追ってミラが説明する。

説明を聞き終えたお兄様は、深い溜息《ためいき》を吐いた後に含みのある視線をこちらへと向けてきた。

「取り敢《あ》えず座ったら？」

お兄様に促された私とミラは、お兄様の正面に並んで座った。

「で、どうするのこれ？」

お兄様がオーブンの上部をトントンと指で叩く。

現在、私とミラはお兄様からのお説教の真っ最中である。

「作るなら迷惑のかからない普通の物にしてくれないかな？」

「……はい。ごもっともです」

「すみません……」

『ゴメンナサイ……』

私とミラはお兄様に向かって深々と頭を下げた。

「全く……。シャルロッテだけじゃなくて、ミラもここまでの規格外とは」

規格外……。

チラリとミラを見れば、ミラは腑《ふ》に落《お》ちないといった表情を浮かべている。

ふふっ。ミラが否定しても、私と同じく規格外なんだよ！

私は内心でほくそ笑んだ。

「……シャル。反省してるの？」

絶対零度の微笑みを浮かべたお兄様はスッと瞳を細めた。

「ご、ごめんなさい……魔王様《おにいさま》」

『ゴメンナサイ……魔王様《おにいさま》』

私はテーブルに頭が付きそうになるくらいまで頭を下げた。

そして、頭を下げたままの私はふと思った。

……さっきから、一人分の声が多いよね？　……と。

頭を上げながらチラリとお兄様やミラを見ると、二人は顔を引きつらせたままで固まっていた。

「……どうしたのですか？」

「シャルロッテ……コレが……！」

ミラが震えながらオーブンを指差す。

「オーブンがどうしたの？」

「オーブンが言葉を話した！」

……そんな馬鹿な。この世界のどこに言葉を話すオーブンがあると…………。

『……ミ、皆サン、コンニチワ』

ここにあった――‼

え……？　どうして？　どうして話せるの⁉

『ワタシ、ゴ主人様カラ魔力モライマシタ。ソレデ話セマス』

「ええと……『ご主人様』って私？」

『ハイ』

もしかしなくても……これって、私から抜け出たというアレのせいだよね……。

混乱している私の代わりに、お兄様がオーブンと話し始める。

「君には……感情があるの？」

『感情ハ有リマス。知能モ有リマス』

「へえー。それは凄《すご》いね」

最初は引いていたお兄様がオーブンに関心を持った。

「……すごい！　話す魔道具なんて初めて見た！」

興奮したミラが、オーブンを隅から隅まで眺め始める。

どうやら、開発者のスイッチが入ったらしい……。

『恥ズカシイデス』

チーンとオーブンが鳴った。

恥ずかしいと鳴る仕組みなのだろうか？

知能や感情があって、しかも会話ができるなら、『お願い』すれば話が済むじゃないか。

「ええと……あのね？　ドライフルーツを作る時にもっと能力を抑えて作れないかな？」

私はオーブンに向かって両手を合わせた。

オーブンに向かって手を合わせるという……なかなかシュールな光景だが、オーブンに感情や知能があると分かった今では、お兄様もミラも私の行動を見守ってくれるはずである。

『モット抑エルトハ……ドノクライデスカ？』

「さっきのが百％なら、三十％くらい？」

『デキマスヨ？』

「本当!?　じゃあ、あなたにはこれから毎日三十％のドライフルーツを作って欲しいの！」

『了解シマシタ。ゴ主人様』

「ありがとう！　オーブン！　……って呼ぶのも何か変だね」

うーん。私は腕を組んで考える。

【シャルロッテなオーブン】……でしょ？

シャルロッテなオーブン……シャルロッテ……シャル…………ロッテ。

「ロッテ！　あなたの名前『ロッテ』はどうかな⁉」

「いいんじゃない？」

お兄様とミラは笑顔で頷いてくれた。

『ロッテ……。私ノ名前ハ……ロッテ！』

嬉しそうな声が響く。

気に入ってくれたみたいでよかった。

「これからよろしくね？　ロッテ」

『ハイ！　ゴ主人様。コチラコソ、ヨロシクオ願イシマス』

「よろしく頼むよ。ロッテ」

「よろしくー！　ロッテ！」

『ハイ。ルーカス様。ミラ様』

「あれ？　お兄様達のことも知ってるんだね？」

私は素朴な疑問をロッテに尋ねた。

『ゴ主人様ノ知ッテイルコトナラ分カリマス』

「そうか。それは便利だね！」

『ゴ主人様ノ好キナ人モ分カリマス。チューサレタコトモ……』

「……ロッテ。そろそろ黙らないと壊すよ？」

『ハイ……‼』

……こら。『オーブン脅した！　大人げない！』とかコソコソ言わない‼

もうアイスクリーム作らないよ？

私の負のオーラを察したのか、全員が黙り込んだ。

うむ。分かればよろしい。

「お兄様。ロッテはどこに置きましょう？」

「作業的に調理場だね。そこでカク達と一緒にドライフルーツを作ってもらおう」

「それでは、カクさん達の負担が増えませんか？」

「カク達はフルーツを切るだけだし、実際にドライフルーツを作るのはロッテだから大丈夫だと思うよ。駄目な時はきちんと人を増やすし。梱包《こんぽう》とかは侍女達にお願いするからね」

『ロッテ頑張リマス！』

「うん。ロッテには負担かけることになるけど、よろしくね？」

お兄様がロッテを優しく撫《な》でると、チーンと音がした。

おお……ロッテが照れている。


その後、私達は調理場へロッテを運んだ。

お兄様はその大きさの割にとても軽いロッテに驚いていた。

カクさん達にロッテを紹介すると、最初は箱形の話す不思議な魔道具に戸惑いを見せていたものの……すぐに調理人同士（？）打ち解けてくれた。


その日から私に代わってドライフルーツ作りを担当することになったロッテは、私達にとって欠かせない大切な家族の仲間入りを果たしたのだった。

たまにお母様が効果百％のドライフルーツをロッテにねだっているらしいが、ロッテはお兄様の『母様に渡すドライフルーツは効果五十％まで』という指示を忠実に守り続けているそうだ。

うん。偉い、偉い。

また、ロッテが増えたことにより、新しい料理や焼き菓子……等々、アヴィ家の食卓が更に潤ったのは言うまでもないだろう。何しろ、絶対に焦がさずにおいしく調理ができる機能付きなのだから。腕のいい料理人が使えば更においしくなり、料理や焼き菓子作りが苦手な恋する侍女達でもおいしい物が作れると……大人気な万能オーブンのロッテである。

《ロッテで作った焼き菓子を自分の恋する相手に渡せば願いが叶《かな》う》

現在、そんな噂《うわさ》でアヴィ家は持ちきりだ。

私もロッテとお菓子を作ってリカルド様に渡そうかな⁉

ミラは、あの日からずっと【話す魔道具】開発に手を出しているそうだが……上手《うま》くいっていないらしい。私も協力してみたが駄目だった。

まあ、ミラなら近い内に自分一人で作っちゃいそうだけどね？

こうして、私がしでかした一つの問題が解決したのだった。

第三章　リカルド様との約束

最後にリカルド様に会った日から間もなく一ヶ月が経《た》とうとしている。

この一ヶ月間は、あっという間だったような……長かったような……。

色々な出来事があったが、私の胸の中の半分を占めているのはリカルド様のことだ。

もう半分はお酒のこと！　ふふーん！

『またすぐに君に会いに来るから』

リカルド様は別れ際にそう言って私を抱き締めてくれ……

『余所見《よそみ》したら駄目だから……ね？　約束』

と、私の頬にキスを落とした。

……何度思い出しても軽く気絶できる。

これって……両思いなのかな？

私は何度か自分の気持ちを伝えている。……本気とは思われていないかもしれないけど。

リカルド様の気持ちをきちんと聞いたわけではない。

『好きだ』なんて言われたら嬉《うれ》しくて天にも昇ってしまうかもしれない。

反対だった場合はどうしよう。一生立ち直れないかもしれない。

だけど……私《わたし》がリカルド様の気持ちに応《こた》えてもいいのだろうか？

そんな拭《ぬぐ》えない不安がまだまだ残っている。

【スタンピード】

これを確実に回避できなければ、たとえ……リカルド様が側《そば》にいてくれたとしても、私は心の底から笑えない。私が今まで頑張って来たことが無意味になってしまう。

私の望みを叶えるには、私を取り巻く全《すべ》ての人達の幸せが必須《ひっす》条件なのだから……。

自分だけの幸せなんか望めない。私はみんなと楽しくお酒も飲みたい。

明後日《あさって》からは、またダンジョン調査を開始する。

ダンジョンの探索もあと地下二階層分で終わる予定だが……。

今までの階層の魔物とは格段に違う、強い魔物との戦いになるだろう。

これで本当にダンジョンが攻略できるのか……それとももっと下に階層が続いているのか……。

ダンジョンに潜ってみなければ確かなことは分からないし、攻略すればスタンピードを防げるという確証も得られていないのが現状だ。


はあ……。

一人きりで今後のことを考えていると、どうしてもネガティブになってしまう。

正直、この先の見えない不安に潰《つぶ》されそうにもなる……。

しかし、ここを乗り切ればきっと『未来』が見えるはずだ。

私がこれまでやって来たことは間違いないと思えるはずなのだ……！

そう自分に言い聞かせ、不安に曇りそうな心を奮い立たせる。

……リカルド様に無性に会いたくなってきた。

またあのお耳と尻尾《しっぽ》をモフモフさせて欲しいな。

リカルド様は林檎《りんご》に似たシーラの爽《さわ》やかな匂《にお》いがして、とても癒《いや》されるのだ。

あの匂いはアーカー領の特産のシーラの石鹸《せっけん》によるのだろうか？

リカルド様と同じ匂いになれる石鹸なら私も欲しい。

ふむ……。シーラの石鹸……か。シーラ……シーラ……シーラ。

そうだ！　いいことを思い付いた。

今すぐに特産の石鹸を手に入れることはできないが、だったら代わりの物を作ればいいのだ！

思い立った私は行動を開始した。


自室のテーブルの上に道具を広げる。

用意するのはシーラのシロップと……所謂《いわゆる》、【白色ワセリン】だ。

肌の潤いを保つ為《ため》のスキンケアとして欠かせない大事な物なのだ。

私のような子供は刺激の少ない自然由来の物を使用し、お母様達のような大人の女性達は、香りや美肌効果がプラスされた物を使用するのが一般的である。

美容関係のアイテムはきちんと揃《そろ》っている世界である。

私が今回用意したのは、子供がよく使うタイプの刺激の少ない【ナーナ】の方だ。

まずは、シーラのシロップを小さな容器に注ぎ入れる。

それを私のチートさんによって、デリケートな肌に使用してもいいように、肌に影響が出そうな不純物はこの際に全て綺麗《きれい》に取り除いてしまう。

別の丸い蓋《ふた》付きの容器にナーナを適量取り入れ、濃縮されたシーラのシロップを小さなヘラでナーナに少しずつ混ぜながら練り込んでいく。

……これで、あっという間に【練り香水】の完成だ！

私は完成したばかりの練り香水を少量だけ指先に取り、耳の後ろと手首に塗り付けた。

香水とは違い、瑞々《みずみず》しく爽やかなシーラの控え目な香りが部屋の中に広がった。

ああ……リカルド様に包まれているような感じがする。

私はソファーに深く腰を掛けて目を瞑《つぶ》った。

……変態じゃないよ？　恋する乙女です‼


トントン。部屋の扉がノックされた。

「はい。どうぞー」

「シャルロッテ様。失礼致します」

部屋の中に入って来たのはマリアンナだった。

「あら……。とてもよい香りですね」

マリアンナはそう言いながら、部屋の中をキョロキョロと見回している。

「【練り香水】を作ったの」

「練り……香水ですか？　それは普通の香水と何が違うのですか？」

「肌に優しい成分の物を使用しているから子供でも使えるし、付けすぎて匂いがキツくなるのを防げるのよ」

「なるほど。確かに普通の香水に比べると優しい香りで……シャルロッテ様に合ってますね」

ニッコリと微笑《ほほえ》むマリアンナ。

「ありがとう。それよりもどうしたの？」

「あ、そうでした！　リカルド・アーカー様がお見えになっています」

……リカルド様⁉

「え……？　嘘《うそ》……。……本当？」

会いたいと思っていたタイミングで、リカルド様本人がわざわざ訪ねて来てくれるなんて……どんな奇跡だろう。

嬉しさでキュッと胸が締め付けられる。

「リカルド様のご希望で、玄関ホールにてお待ち頂いておりますのでご用意下さいませ」

マリアンナはパチッと片目を瞑り、ウインクした。

「……うん！　手伝って！」

ソファーから立ち上がった私は、急いでドレッサーの前に移動をした。

今日は淡いピンク色のワンピースを着ていた。

……服はこのままで大丈夫かな？

鏡に全身を映して、シワや汚れ等《など》がないかどうか確認をする。

ドレッサーの前の椅子に座ると、マリアンナが手慣れた手つきでササッと髪を整えてくれた。

淡いピンク色のワンピースに合わせた清楚《せいそ》系の緩い三つ編みのおさげだ。

「いかがですか？」

マリアンナに渡された手鏡でグルリと全方位の確認をする。

おお……！　ゆるふわな三つ編みだと、なんとなくつり目が柔らかく見える気がする。

アクセントとして、ピンクの小花や蝶《ちょう》の形の飾りが付いているのがまた可愛《かわい》らしい。

「バッチリ！　可愛くしてくれてありがとう！」

マリアンナにお礼を言った私は、逸《はや》る気持ちを抑えきれず、マリアンナの返事も聞かずに部屋を飛び出した。

淑女たる者、どんな時でも走ってはいけない？

そんなことは百も承知だ！　何年お妃《きさき》教育されてきたと思っている！

だけど、そんなことなんか構っていられない！

だって！　大好きなリカルド様が私を待っていてくれるのだ。

一秒だって惜しいのに……無駄に広いアヴィ家が恨めしい……。

息を切らせながら玄関ホールへと延びる螺旋《らせん》階段に辿《たど》り着《つ》くと、透き通るようなブルーグレーの優しい色の瞳《ひとみ》がこちらを見上げていた。

「こんにちは。シャルロッテ」

にこやかに微笑む愛《いと》しいその人がそこにいた。

どこか嬉しそうにも見える笑みを浮かべているリカルド様には、私の駆けていた足音が聞こえていたのかもしれない。

そう思うとちょっと恥ずかしいが……それだけ会いたかったんだもん。

「……お待たせしました」

一呼吸し息を整えた私が急いで階段を降りると、階段の途中まで迎えに上がって来てくれたリカルド様が、私に向かって手を差し伸べてくれた。

そうして、階段を降り終えるまでゆっくりとエスコートしてくれる。

この然《さ》り気ない紳士さ……格好よすぎだよ！

さっきから私の胸はキュンキュンしたままだ。

「突然訪ねたりして……ごめんね？」

はにかむリカルド様。

うっ……！

リカルド様のはにかみで、私の胸が更に鷲掴《わしづか》みにされた。

……こんなの可愛すぎだー！

「いえ、リカルド様ならいつでも大歓迎です！」

「そう？　それならよかった」

安心したように笑うリカルド様。

爽やかな笑顔が尊い……！　リカルド様大好きだー‼

「……一ヶ月振りですね？」

「うん……」

モジモジと手を動かしながら上目遣いに首を傾《かし》げると、リカルド様は困ったような笑みを浮かべた。

「どうかしましたか……？」

どうしてそんな顔をするんだろう？　……私、どこか変？

私はジッとリカルド様を見つめながら、その答えを待った。

「初めて会った時から可愛かったけど、一ヶ月会わなかっただけで……こんなに可愛くなるなんて。

これからどんなに綺麗になるんだろうって……想像したらちょっと困った」

「……え？」

「君のことを好きになる奴《やつ》が増えると思うだけで……妬《や》けるよ」

ちょっ……!?　リカルド様から『可愛い』とか『綺麗』とか言われたら……！

「……っ！」

効果音の聞こえる世界だったならば……今、確実にドカンという爆発音がしたはずだ。

な、な、何でサラッとそういうことを言えちゃうのかな!?

いや、嬉しいんだよ？　嬉しすぎて頭も胸もいっぱいなんだよ？

私は真《ま》っ赤《か》に染まった頬を両手で押さえた。

悶絶《もんぜつ》しながらのたうち回らなかった私を褒めて欲しい。

しかも『妬ける』……って！　見知らぬ誰かに嫉妬《しっと》してくれたってことだよね!?

冷静になれ……冷静になるんだ！　私！　このままだったら確実にキュン死する！

「……ありがとうございます。リカルド様もまた背が伸びたのではないですか？」

「うん。少しだけ伸びたよ」

「やっぱり！　素敵です！」

「ふふっ。ありがとう」

まだ熱を持ったままの頬を押さえながらリカルド様を見ると、リカルド様は嬉しそうな顔をしながら、私に向かって手を差し出してきた。

「そろそろ、移動しようか」

え？　……て、手を繋《つな》いで行くんですか!?

さっきもエスコートしてもらったけれども……

「……嫌？」

そんなの絶対に嫌なわけがない。

私はブンブンと大きく首を左右に振り、リカルド様の少し大きな手に自分の手を重ねた。

すると、少し顔を赤らめながらはにかんだリカルド様にギュッと手を握られた。

私は今日……キュン死確定かもしれない。

胸がギュッと締め付けられ……息をするのが苦しくてもどかしい。

全身が心臓にでもなってしまったかのように、色んな場所からドキドキが聞こえる。

リカルド様に手を引かれ……私達はアヴィ家自慢の庭園へと向かっていた。

庭園の入口に辿り着いた私とリカルド様は、そのまま庭園を進みながら隅にある定位置へ向かう。

先にリカルド様に座ってもらい、私はそのままお茶の用意を始めた。

……さて、ここに取り出したのは、あってよかった異空間収納バッグである。

白いレースの付いた可愛いポシェットは、今日の服装でも違和感無く使えます！

ポシェットの中から冷え冷えのアイスティー入りのポットとグラスを取り出した。

時間停止機能が付いているので、お茶やお菓子等を常に入れてある。

こんな急な訪問にも余裕で対応可能なのだ！　ふふっ。

「……それは異空間収納バッグ？」

「はい。ミューヘン辺境伯から頂きました」

私は透明なグラスに氷を作り入れ、アイスティーを注ぎながら答えた。

「……辺境伯って、あの？」

「はい。ちょっとお孫さんの方と少々ありまして……」

サイラスの復讐《ふくしゅう》の手伝いをした件の迷惑料だとは……言い難《にく》いよね。

「孫……ってサイラス？　彼にも会ったの？」

「はい。リカルド様はサイラス様とお知り合いですか？　私はお兄様の入学準備で王都に行った時に、初めてお会いしました」

「うん。特に仲がいいわけではないけど、年が同じだから多少の交流はあるよ」

眉間《みけん》にシワを寄せながら、何かを考えるような素振りをするリカルド様。

……サイラスに何かあるのかな？

注ぎ終えたアイスティーの上に、シロップ漬けにしていたシーラの花弁《はなびら》を数枚浮かべ、太めのストローを挿したら特製アイスティーの完成だ。

完成したアイスティーをリカルド様に差し出してから、私はリカルド様の正面に座った。

そして、話すオーブンこと【ロッテ】で作ったドライフルーツ入りのパウンドケーキやレーズンクッキーならぬ……《アーマスクッキー》も添えた。

『ロッテで作った焼き菓子を自分の恋する相手に渡せば願いが叶《かな》う』

今、アヴィ家の侍女さん達の間で持ちきりの噂《うわさ》だ。

ふふっ。ちゃっかり実行しちゃいました！

「こちらもよろしければどうぞ。私の手作りです」

スッとさり気なくリカルド様に勧める。

よし！　不自然じゃなかったよね⁉

「この中に入っているのは……もしかして、今、人気のドライフルーツ？」

リカルド様はすぐにパウンドケーキを手に取ってくれた。

「はい。このお陰で大変なことになりましたけど……」

リカルド様から視線を逸《そ》らした私は空を見上げた。

あー……空が青い。

「これもシャルロッテが？　ああ……そういえば流行の火付け役はジュリア様だったね」

皆さんはお忘れかもしれないが『ジュリア』は、私のお母様の名前である。

私は苦笑いを浮かべながら、アーマスのクッキーを摘《つ》まんで口の中に入れた。

うん。サクサクでおいしく仕上がっている。

刻んで入れたアーマスがいいアクセントになっている。

リカルド様はパウンドケーキをパクッと一口で頰張《ほおば》った。

食べやすいように小振りに切ったが、一口で食べられるとは……流石《さすが》、男の人だなと私は感心した。

「……っ！　おいしい！」

ブルーグレーの瞳がカッと見開かれた。

お耳はピンと立ち、尻尾《しっぽ》は機嫌よさそうに左右にブンブンと揺れている。

「アイスティーも冷たいうちにどうぞ」

……よかった。笑ってくれた。

大好きな人達には笑顔でいて欲しいのだ。

これはおいしいお菓子を焼いてくれたロッテのお陰だろう。私は心の中でロッテに感謝した。

「シャルロッテはすごいね」

リカルド様がポツリと呟《つぶや》いた。

……え？　私がすごい？

キョトンとする私に向かって、リカルド様は苦笑いを浮かべた。

「新しい物を生み出す君の発想力と、それを実行してしまえる行動力がすごいと思う」

すみません……。それは和泉《いずみ》の知識とチートさんのせいです。

「僕はシャルロッテが羨《うらや》ましい。この一ヶ月でそう思わざるを得なかった。君の教えてくれたシーラのジュースは、僕が思っていた以上に早くアーカー領で浸透してくれた。……君との差をつくづく感じさせられた日々でもあったよ」

「リカ……ルド様……？」

ブワッと嫌な汗が全身から噴き出してくる。

ちょっと待って……。

この先は……聞いたら駄目な気がする……。

なのに……リカルド様を止める為《ため》の言葉が出てこない。

「僕はシャルロッテが好きだよ。会う度に君の魅力に惹《ひ》かれて、どんどん好きになっている。でも……駄目なんだ」

リカルド様は辛《つら》そうにギュッと目を瞑《つぶ》ると、ブルーグレーの瞳を開けて私を真《ま》っ直《す》ぐに見た。

「今の僕では君には釣り合わない」

……ズキン。ズキン、ズキン、ズキン…………。

心臓がズキズキとひどく痛んだ。

さっきまでの幸せな痛みではなく……悲しく張り裂けてしまいそうなくらいに、辛い痛みが胸を突き刺す。

……そっか。私は……リカルド様に振られたんだ。

まだきちんと想《おも》いを告げていなかったのに……。

ジワリと涙が溢《あふ》れそうになるのを両手を握り締めながら必死で堪《こら》える。

泣いちゃ駄目だ。そんなのは……リカルド様を困らせるだけだ。

……それに、私はリカルド様から『好きだ』と言われても……応《こた》えていいのだろうか？　って思ったよね？

これは自らが望んだ結果だ。ハッキリと振られてよかったじゃないか。

だから……笑え。絶対に涙を見せるな。

あーあ。……ロッテの噂……嘘《うそ》だったな。

ははっ。残念、残念。

涙を堪えて、笑おうとした時…………。

『和泉は俺に一度も涙なんか見せたことないよな。……お前は強いから俺なんか必要ないんだろう？　俺のことを心から必要としてくれる大切な相手ができた。だから別れよう』

和泉の記憶が急にフラッシュバックしてきた。

最後に付き合っていた彼氏に言われた別れの言葉……。

『そっか。分かった』

私はそれにニコリと笑って応えた。

……本当は泣いて縋《すが》りたいくらいに好きだったよ？

だけど、必死で……必死に、涙を堪えた。

家族や友達の前では泣けるのに、大好きな人の前でだけは素直に泣けなかった私。

強がって笑顔を作って、陰で泣いてきた。

だって……泣いたら重いと思われるじゃない？　絶対に……嫌がられる。

私はただ迷惑をかけるのが嫌だった。だから我慢してきた。

……決して強かったわけじゃない。泣き虫で、弱虫で……臆病《おくびょう》だっただけだ。

そんな素直になれない私だったから……。

好きな人の前で涙も流せないような可愛《かわい》げのない女だったから……捨てられたのだ。

あの別れの後から、私は乙女ゲームにのめり込んだ。現実世界《リアル》に疲れ、自分に優しい非現実世界《バーチャル》に逃げた。

もう私は傷付きたくなかったんだ。


……せっかくシャルロッテに生まれ変わったのに、また同じことを繰り返すの？

『だったら、仕方ないですね』なんて、本音を隠してまた強がるの？

でも……本当のことを言うのは……怖い。怖くて仕方がない……。

「シャルロッテ……」

黙り込んでしまっていた私の頬に、ふわっと温かいモノが触れた。

「リカルド……様？」

正面に座っていたはずのリカルド様が、いつの間にか私の隣に移動して来ていた。

考え込んでしまっていた私は、それに全く気付かずにいた。

私の頬に触れているリカルド様はとても辛そうな顔をしている。

どうして……リカルド様がそんな顔をするの？　私を振ったことへの罪悪感？

それとも……

「……半年でいいから僕に時間をくれないかな？」

……え？

「情けないし、勝手だけど……僕は君を手放したくない。きちんとシャルロッテに釣り合えるようになってから……何かを成し遂げてから隣に立ちたいんだ」

……それって……？

「絶対に結果を出すから！　それまで待っていてくれる？」

シュンとお耳を下げたリカルド様が、潤んだ瞳《ひとみ》でこちらをジッと見つめてくる。

うっ……。そんな顔のリカルド様も可愛い。

なーんだ……振られてなかった。私の早とちりだった……。

安堵《あんど》のあまりに涙が溢れそうになる。

よかった……。この恋をまだ諦《あきら》めなくていいんだ……。

「……あれ？　もしかして僕のことは、もう好きじゃない……？」

「そんなことありません！　でも！　私でいいのですか……？」

私は食い気味でリカルド様に言った。

「よかったー……。嫌われたかと思って焦った。僕の番《つがい》は君なんだ。もう、君しか要らない。……シャルロッテは知らなかったみたいだけど……獣人の尻尾は成長してからは番にしか触らせない。肉親にだって簡単には触らせないんだからね？」

以前にお兄様に言われた『シャルロッテは、獣人のことをどこまで理解しているの？』というあの時の言葉の意味が今やっと理解できた。

その意味を知っているリカルド様と私とでは気持ちに大きな差があったのだ。

ということは……あの時からリカルド様は私を？

「僕はシャルロッテが好きだよ」

リカルド様はきちんとそう言葉にしてくれた。

想いが通じるということは、こんなにも幸せなことだった。

「私もリカルド様が大好きです！」

ギュッとリカルド様に抱き付いた。

「私も……自分が為《な》すべきことを終えて、笑顔でリカルド様の隣に立ちたいと思います」

「うん」

リカルド様は私を抱き締め返しながら、優しく頭を撫《な》でてくれる。

「その時に全部話しますから……。私の話を聞いてくれますか？」

「うん。分かった」

私の額に小さなキスを落としたリカルド様は、ジャケットの胸ポケットを探り始めた。

「シャルロッテ。これを……」

リカルド様が取り出したのは……小さな白い箱だった。

「開けてみて」

促されるままに蓋《ふた》を開けると…………

「……ネックレス？」

「うん。会えない時も僕を思い出して欲しいから。……それでなくてもシャルロッテの側《そば》には、君に好意のある男がたくさんいるし」

「……そんな奇特な方はいないと思いますが」

「いや、シャルロッテは自己評価が低すぎるんだよ。自分の魅力に気付いていない」

リカルド様は少し不機嫌そうに尻尾をブンブンと振っている。

そんな風に言われると照れる……。

っていうか、リカルド様からそんなヤキモチ発言をされたら嬉《うれ》しすぎて悶《もだ》えちゃうんですが！

……落ち着け。冷静になるんだ。

「……これはシーラの花？」

私はネックレスをジッと見ながら心を落ち着かせることにした。

シーラの花を象《かたど》った可愛いネックレス。

花の中心には、リカルド様の瞳と同じ色の宝石が塡《は》められていた。

「嬉しいです！」

箱を握り締めながらリカルド様を見上げると、

「着けてあげる」

リカルド様は嬉しそうに頰を染めながら、私の首にネックレスを着けてくれた。

「どう……ですか？」

「うん。凄《すご》く可愛いよ」

微笑《ほほえ》むリカルド様につられて私も一緒に微笑んだ。

「これで半年間頑張れるよ」

「私も頑張ります。あの……お手紙は書いてもいいですか？」

「勿論《もちろん》。僕も書くよ。……そういえば、ずっとシャルロッテからシーラの香りがするのが気になっているんだけど……」

「ああ、シーラで練り香水を作ってみたのです」

「練り？　そんな香水があるんだね」

「はい。付けすぎによる失敗はありませんし、優しい香りが続きます。ナーナに混ぜて作っているので子供でも使えますよ」

「練り香水か……」

顎《あご》に手を当てながらリカルド様が考え事を始めてしまった。

……ふと、私の中に悪戯《いたずら》心が芽生えた。

無防備な状態のリカルド様の背後にそっと回り込み……。

「ふふっ。捕まえました」

ガシッと、強過ぎない力でモフモフの尻尾を捕獲した。

そのまま顔に尻尾をスリスリと擦《こす》り付ける。

「シャルロッテ……!?」

慌てるリカルド様に構わずスリスリし続ける。

「リカルド様の匂《にお》いを身に付けたくて練り香水を作りましたが……やっぱり本物の方がいいですね」

リカルド様のモフモフは最高です！

「もう……好きにして……」

リカルド様は真《ま》っ赤《か》になった自分の顔を両手で覆った。抵抗するのを諦めたようだ。

私の好きにさせてくれるらしい。

これは私の夢じゃないよね？

……現実なんだよね？

もしもこれが夢なら……どうか永遠に覚めないで……。

目尻《めじり》に浮かんだ涙をそっと拭《ぬぐ》いながら、これから会えなくなる半年分のモフモフを堪能し続けた。

「じゃあ、またね」

「はい！」

次に会えるのは半年後……か。

リカルド様に笑顔で再会できるように頑張ろう。

別れ際。送ってもらった玄関ホールで、私はそう心に誓った。

＊＊＊

「言ったの？」

「うん。言った」

お互いに柔和な笑顔を浮かべながら対峙《たいじ》するルーカスとリカルド。

「悪いけど、君の大切な妹は僕がもらうよ」

「ふーん」

宣戦布告とも取れる発言をしたリカルドに、ルーカスは瞳を細めた。

シャルロッテが『魔王の微笑み』と称する、恐ろしくも冷たい笑みだ。

そんな笑みを目の当たりにしてもリカルドは怯《ひる》むことなく真剣な眼差《まなざ》しで見つめ返している。

「本気なんだね？」

「ルーカス・アヴィ。君相手にこんな冗談は言わないよ」

「ふん。……まあ、半年？　せいぜい頑張ればいいんじゃない。その間にシャルロッテが誰かに奪われても知らないけどね？」

「そうならないように頑張るだけだ。それに……何かあれば教えてくれるんだろう？　優しい、優しいお兄様」

「……」

「頼むよ。ルーカス」

「悲しませたら……殺すよ？」

「分かってる」

「……今日だって泣かせたくせに。シャルロッテは気付かれてないと思っていたみたいだけど、全部顔に出てるんだからバレバレだって。あれで隠せてると思っているのかね」

「あれは……僕の言い方が悪かった。傷付けるつもりはなかったんだ」

素直に頭を下げるリカルドに、ルーカスは大きな溜息《ためいき》を吐《つ》いた。

「全く……嫌な役目だよ。大切な妹を奪われる僕の気持ちなんて……きっと誰《だれ》にも分からない。まあ、シャルロッテには幸せになって欲しいから多少の協力はするけどさ」

「……うん。ありがとう」

リカルドが右手の拳《こぶし》を上げると、ルーカスは無言でその拳に自分の拳を合わせた。

「じゃあ。また」

「はいはい」

リカルドが乗った馬車が見えなくなるまでルーカスはその場で見送った。

「なーんてね。今日は見逃したけど、そう簡単にイチャイチャなんてさせないから。さて、僕からの試練にあの二人は耐えられるかな？」

ルーカスはふふっと綺麗《きれい》な顔で微笑んだ。

第四章　道化の鏡と終焉《しゅうえん》の金糸雀《カナリア》

さてさて。

本日は久し振りにダンジョン調査に入ります。

私やお兄様が王都に出掛けていたり、ドライフルーツ作りに追われていた日々の間……お父様とお兄様を中心とした冒険者パーティー【リア】のメンバー達も個々で忙しく動いていたそうだ。

因《ちな》みに【リア】とは私のお母様の愛称である。お父様は自分のパーティー名に妻の名を使用するほどの愛妻家でもあるのだ。

今回はみんながそれぞれに忙しかったこともあり、事前調査なしの状態で探索することになった。

参加メンバーは、お父様とリアのメンバー、お兄様と私。ここまではいつも通り。

そこにミラと、何故《なぜ》かサイラスが初参加だ。

「シャルロッテ様。本日はよろしくお願い致します」

正しい姿勢で頭を下げるサイラスは、長かった白金色の髪を肩に付くくらいにまでバッサリと短く切ってしまっていた。

「……サイラス様、随分とバッサリ髪を切られたのですね」

「はい。シャルロッテ様のお役に立つ為《ため》には邪魔ですから」

サイラスはニコリと琥珀色《こはくいろ》の瞳を細めた。

「……サイラス様。以前にも言いましたが私に『様』付けの必要はありませんよ？」

「いえ。あなたは私にとっての大切な恩人……。ですので、ここは譲れません。寧《むし》ろ、私をリ、リ、リー
の時と同じように接して欲しいです」

サイラスの言う『リリー』とは、エルフの里での復讐《ふくしゅう》劇の際に私の侍女に扮《ふん》したサイラスの偽
名である。

「いえ……流石《さすが》にそれは」

「遠慮なさらずに『サイラス』とお呼び下さい。あなたの為ならば私は犬にもなります！」

「結構です！」

「試しに呼んでみて下さい。私を『犬』と！」

「分・か・り・ま・し・た！　……サイラス」

「はい。シャルロッテ様」

満足気に微笑《ほほえ》むサイラスとは反対に、私は溜息を吐きながらガックリと肩を落とした。

中身がアラサーの私よりも、十代のサイラスの方が一枚上手だったのだ。

こうして対外的に彼を敬称無しで呼ばされることになるなんて……。元腹黒……恐ろしい。

私に対してまるで執事のような対応をするサイラスは、一体どこに向かっているのか……？

サイラスの考えていることは私には全く分からない。

ただ、髪が短くなったせいか前よりも幼い印象を受ける。ちゃんと年相応の男子に見えた。

なんだか雰囲気も柔らかくなり、元気そうで何よりだが……。

本音を言えば、もう二度と会いたくなかった。

ハワードと違って嫌いなタイプではないが、サイラスも攻略対象者の一人なのだ。

……と、まあ、ここでウダウダしているといつまで経《た》ってもダンジョンに入れないのでひとまずは気にしないことにしよう。今回が、初対面であるサイラスとミラには自己紹介をしてもらう。

「サイラス。彼はミラです」

「サイラス・ミューヘンです。シャルロッテ様には、とてもよくして頂きました」

「……ミラです。姓は捨てました。今はシャルロッテと一緒にアヴィ家に住まわせてもらっています」

二人は挨拶《あいさつ》を交わしながら握手をした。

にこやかに微笑み合う二人。

あれー？　おかしいな……。何だか寒気がする。

私はブルッと身体《からだ》を揺らした。

傍《はた》から見れば、にこやかに挨拶を交わしている状況であるにもかかわらず……険悪な雰囲気を感じる。交わされている握手からは、ギリギリという効果音が聞こえてきそうである。

えー……初対面なのに……まさか既に仲が悪いの？

「放っときなよ」

首を傾《かし》げる私の背中にお兄様が覆い被《かぶ》さってきた。

「……わっ！　お兄様！」

「男の世界には色々あるんだって。関わると面倒だよ？」

お兄様はそれ以上、詳しいことは言わずにただクスクスと笑っている。

……お兄様の言う『男の世界』とやらは、女の私にはよく分からないが……お兄様がこう言うのだから色々あるのだろう。

……私は考えるのを止《や》めた。一人で考えたところで答えも出ないしね。

何より、本人達も教えてはくれなそうな雰囲気だし……。

ここは敢《あ》えてスルーしよう！

「お父様達も待っていますし、先に進みましょうか」

私はミラとサイラスに声を掛け、お兄様と並んでお父様達の元に向かった。

「シャルロッテ！」

「シャルロッテ様！」

そんな私達をミラとサイラスが慌てて追い掛けてくる。


私は今、殺《や》る気……じゃない。やる気でいっぱいなのだから邪魔をしないで欲しい。

そう。私は私が為《な》すべきことをする……。

そっと首元にあるネックレスを握った。


いつものように、最終攻略地点に設置した転移装置を使い転移をする。

前回は地下八階層で終わったので、そこまで飛んでから地下九階層へと歩いて下りて行くのだ。

その途中でチラリと横目に見た地下八階層は……一面の花畑になっていた。

お化け屋敷さながらのおどろおどろしさや、ヒョッコリと手首が出てきた井戸は見る影もない。

知らない人が見たら、今の状態が本来のものだと勘違いするだろう。

……記憶にはないが、スーパーマ○オに出てくるテ○サという白くて丸い幽霊に似た【幻幽《げんゆう》】というレイスの魔物を倒した後に出現した、結界を覆い尽くすほどの多数の手首を大嫌いな蜘蛛と勘違いした私が、錯乱状態で浄化魔術の『ピュリホーリー』を唱えまくった結果がコレである。

しかし、あの蜘《く》……蛛《も》のような動きをする手首が出てくる心配がないのは安心だ！

やっぱり心の余裕は大事だよね⁉

万が一にでも出てきたら……また同じ目に遭わせるだけだ。……ふふっ。

「何考えてるかは見れば分かるけど、その顔は怖いよ？」

お兄様は瞳を細めて笑いながら私の頬をつついた。

おっと……思っていることをそのまま表情に出してしまうなんて令嬢失格である。

「それも今更でしょ？」

私の頬にグイッと指をめり込ませるお兄様。

「お兄様……。勝手に私の心を読まないで下さい」

「えー？　仕方ないじゃない。顔に全部書いてあるんだから」

ええと……。私は自分で思っている以上に、表情をコントロールできていないのかもしれない。

むむむっ。

頬を両手でムニムニと動かしていると、サイラスと目が合った。

何でそんな……愛娘《まなむすめ》を見守る父親のような微笑《ほほえ》ましい表情で私を見ているのかな⁉

お前は私のお父様か！　……と、心の中で突っ込んでおく。

……はぁ。まだ何もしていないのに疲れた。いつもこんなだな……。

溜息を吐きながら、地下九階層に足を踏み入れると………。

「シャ、ル、ロッテ」

私の半歩前を歩いていたお兄様が急に立ち止まり、緊張を含んだ声で私を呼んだ。

まるで私を隠すように立《た》ち塞《ふさ》がるお兄様から、ただならぬ気配を察知した私は瞬時に全員に万能結界を張り巡らせた。

ここは危険なダンジョンの中だというのに、私はすっかり油断してしまっていたのだ。

それでなくてもここは地下九階層で、今までの魔物達とは比べものにならないくらいにレベルが高い魔物が待ち受けているはずなのに……だ。

私はパンッと軽く両頬を叩《たた》き、迂闊《うかつ》な自分に気合いを入れ直した。


みんなは黙って正面を凝視しているのだが……一体何が起こっているのだろうか？

目の前にお兄様の背中があるので、私からは状況が見えないのだ。

私は思い切ってお兄様の腕の間から、恐る恐る顔を出してみることにした。

その隙間《すきま》から見えたのは…………

「……鏡？」

巨大な鏡だった。

どうしてこんな所に鏡が……？

巨大な鏡が、地下九階層のど真ん中に不自然に置いてあるのだ。

私にはどこからどう見ても、ただの巨大な鏡にしか見えないのだが……ただの鏡にお兄様達がこんなにも警戒心を露《あら》わにするはずがない。

……だったらこの鏡は……魔物なの？

「あれは……【道化の鏡】だ」

私の後ろにいたミラが正面を見据えたままポツリと呟《つぶや》いた。

【道化の鏡】……？　ということは、アレはやっぱり魔物なのか。

「……この状況はマズイね」

ミラの言葉に同意するように頷《うなず》いたお兄様からは、先程までの余裕が完全に消え去ってしまっていた。不敵に見える眼差《まなざ》しが緊張を隠しきれずにいる。

ミラやお兄様だけでなく、お父様達も……サイラスも表情が強張《こわば》っている。

……私一人だけがこの状況を飲み込めていない。

「一度、退却するか？」

「ああ。その方がいいな」

「作戦を練ってからまた来よう。でないと……死んでしまう」

先頭にいるお父様達からは、こんな不穏なやり取りが聞こえてきた。

物騒な言葉が聞こえてきたけど……何？

巨大な鏡にしか見えないのに、こんなのが強敵なの……？

あんな魔物はゲームの中に出てこなかったから分からない。

誰か説明して‼　ヘルプー！

「……あれは恐らく【道化の鏡】という……かなり面倒な魔物だ」

状況が分からずに困惑していた私に気付いたお兄様が、前を見据えたまま教えてくれた。

そんな……かなり面倒な魔物が邸《やしき》の裏山にいただと……⁉

それって最悪じゃないか……！

スタンピードが起こるようなダンジョンには、やはり何かあるのだろうか？

【道化の鏡】という魔物の詳細を知らない私は、その面倒さが未《いま》だに理解できていなかった。


その時…………

「ま、まずい！　逃げろー！」

「全員退避……‼」

「いや駄目だ！　もう間に合わない‼」

前衛にいるお父様達が急にざわめき出した。

何⁉　一体何が起こるの⁉

分からないなりにも、後退姿勢を取ろうとすると…………。

目を開けてはいられないほど眩《まぶ》しい閃光《せんこう》が、ダンジョン九階層全体を包み込んだ。

ああ……目が……！　目がぁぁぁぁぁ！

思わず、バルスされたム〇カ状態になってしまった。

私はギュッと目を瞑《つぶ》りながら、お兄様にしがみ付いた。

お兄様達は咄嗟《とっさ》に私を光から隠すように抱き締めてくれる。

「シャルロッテ様！」

「「シャルロッテ！」」


目を閉じていても分かるほどの閃光が消え去った地下九階層には静寂だけが残された。

……どうなったの？

私はそっと瞼《まぶた》を開けて、周りを確認してみることにした。

万能結界のお陰で私達に被害はないはずだが……。

私を包み込むように抱き締めているお兄様の腕の隙間から見えたモノは………

……はあっ⁉

私は目の前の光景に驚愕《きょうがく》し、思い切り瞳《ひとみ》を見開いた。

「シャルロッテ様！　見てはいけません‼」

私の異変に気付いたサイラスが、咄嗟に自分の手で私の両目を覆ってくれたが……時既に遅し。

私はバッチリとこの目で見てしまったのだ。

目の前の恐ろしい光景を………。

「あの変態は……何？」

私の後ろにいたミラがボソッと呟いた。

ミラがそう呟いてくれたお陰で、目の前のこれが自分だけに見えている幻覚などではなく、サイラスやミラにも同じように見えているのだと分かると……何故《なぜ》だかすごく冷静になれた。

「また面倒な……」

私の正面にいるお兄様は、うんざりしたような声で言った。

えー……『面倒』って……こういう意味なの（汗）？

「サイラス、ありがとう。もう大丈夫」

お礼を言った後に、私の目を塞いでくれていた彼の手をそっと退《ど》けた。

サイラスが私を思ってしてくれたことはとても嬉《うれ》しかったよ？

でもね……ちょーっとだけ遅かったんだ。

残念ながら見たくもないモノが、既にバッチリ見えた後だったんだー……。

半眼《はんがん》状態の私の視線の先には、白い全身タイツを着た筋肉マッチョな得体の知れない男がいた。

頭のてっぺんから……足の爪先まで全《すべ》て白いタイツに覆われているのにもかかわらず、何故か唇部分には真《ま》っ赤《か》な口紅が塗られているという……不思議なモノが。

その男は音も立てずに、クネクネとしたダンスのような動きを一心不乱に続けている。

……お前は、目撃した者が精神に異常をきたす類《たぐ》いの都市伝説か⁉

はっきり言って気持ちが悪い。目を覆いたくなるほどの不快感だ。

私の感じているこの嫌悪と恐怖を言葉では伝え切れないのがもどかしい……！

……この変態が鏡の正体？

「お兄様。コレが【道化の鏡】なのですか？」

私は眉間《みけん》にシワを寄せ、不快感を隠さないまま尋ねた。

「いや……多分、コレだけど……コレじゃない」

お兄様は苦笑いを浮かべたまま首を横に振った。

「コレだけど、コレじゃない……？」

なぞなぞですか？

だったら、目の前にいる不快なモノは何だというのだ！

そんな話をしている間に、また閃光が私達を包み込んだ。

またー!?　今度は何なの！

ギュッと目を瞑り、光を遮るように手を翳《かざ》す。

光の消えた後には…………

「……私？」

私の視線の先には、もう一人の私がいた。


……何故だ。どういうことだ……ってさっきから混乱しかしてないけど……仕方ないよね？

コイツの行動理由が全く分からないのだから……。

試しに右手を上げてみると、前方にいるシャルロッテが左手を上げた。

まるで鏡を見ているかのように私と同じ行動を繰り返す。

……頭の中が更に混乱してきた。

「シャルロッテ。まともに相手にしない方がいいよ」

「そうですよ！　奴《やつ》は調子に乗るそうですから」

ミラとサイラスはそう言いながら大きく頷いていている。

彼等《かれら》の助言で動きを止めた私を見た（偽）シャルロッテは、あっかんべーをしたり、お尻《しり》ペンペンをしたりと、私への挑発行為を始めた。

うん。かるーく、イラッとする！

それを見ていた前方のお父様達が慌て出した。

「わっ！　馬鹿！」

「シャルロッテ様を挑発すんなよ！」

「止めなさい‼」

（偽）シャルロッテの行動を必死に止めに掛かっている。

……あれー？

お父様達は道化の鏡を恐れてたんじゃなかったの？

『撤退しないと死んでしまう』って言っていたじゃないか。

私が首を傾《かし》げると、（偽）シャルロッテはニヤリと嫌な笑みを浮かべた。

その笑みを見た私がハッと警戒した瞬間……

本日、三度目の閃光が地下九階層を包み込んだ。

あー！　もう‼　毎回、毎回、いちいち眩しいんだけど⁉

いい加減にしてくれな…………い？　って……えっ？

キレ気味に瞳を開けると、そこには…………

「……リカ……ルド様？」

先日、暫《しば》しのお別れをしたはずの愛《いと》しいリカルド様の姿があった。

「シャルロッテ」

私を呼ぶ優しい声。この声は……。

「シャルロッテ！　騙《だま》されちゃ駄目だ！」

呆然《ぼうぜん》とリカルド様を見つめている私に向かってミラが叫んだ。

「こっちにおいで？　シャルロッテ」

微笑《ほほえ》みながら両手を広げて私の名を呼ぶ、ブルーグレーの瞳のリカルド様。

「シャルロッテ様‼」

サイラスはふらりと前方に向かって歩き出した私の肩を掴《つか》んで止めようとする。

私はそんなサイラスの手を振り払って、また一歩前へ進んだ。

……リカルド様。私の大好きなリカルド様が目の前にいる。

「ルーカス！　黙って見てないで早くシャルロッテ様を止めて下さい‼」

「シャルロッテー！」

リカルド様の元に行こうとするのを邪魔するサイラスとミラには、右手を翳しながら『ストップ』と行動を制限する為の魔術をかけた。お兄様は静観しているので、そのままにする。

邪魔しないで。私は目の前にいるリカルド様の元に行きたいのだから。

そう。リカルド様に似せた姿をしているヤツの元に……。

「……シャル……ロッテ？」

私の全身から溢《あふ》れ出す殺気を感じ取ったミラが恐る恐る声を掛けてくるが、私はそれに応《こた》える余裕なんてなかった。

アレのどこがリカルド様だ。

あそこにいるのは色彩が似ているだけのただの紛《まが》い物でしかない。

本物のリカルド様が私を呼ぶ声はもっと優しく……どこか恥じらいが混じっている。

ブルーグレーの瞳は唯一無二の宝石みたいに綺麗《きれい》で、お耳や尻尾《しっぽ》は最高のモフモフ。

そもそもアイツからはリカルド様の匂《にお》いがしない。

『(偽)リカルド様』と呼ぶのも腹立たしいから、アイツで充分だ。

ていうか……こんなベタな状況で騙されるわけがないでしょうが！　ふざけているの？

私の真似《まね》をしているだけならば、少しのイラつき程度で倒してやろうと思ったが……

これは完全にアウトだ。手加減無用。

……よくも私のリカルド様を穢《けが》してくれたな？

私は微笑みを浮かべたまま、お父様達のいる前衛まで辿《たど》り着《つ》いた。

アイツはもう目と鼻の先だ。

「だから退却した方がいいって言ったのに！」

「道化の鏡が死んでしまう‼」

慌てるお父様達。

……え？　そっち？

『でないと……死んでしまう』というあの言葉は私達に対してのことではなく、道化の鏡に向けられた言葉だったのだ。

面倒な魔物である道化の鏡が不必要に私を挑発して、それに引っ掛かった私が暴走するのを恐れてでもいたのだろう。

……ああ。なるほど、なるほど。そういうことか。

「ふふっ。残念ですね？　さっさと、退避すればよかったのに」

私はお父様達に向かってニッコリと微笑んだ。

でも、もう遅い。

アイツは私の逆鱗《げきりん》に触れたのだから………。

「……っ⁉」

私の微笑みを正面から受け止めることになったお父様達は、真っ青を通り越して血の気を微塵《みじん》も感じさせないほどに白い顔になってしまっている。

「シャルロッテ、会いたかった。もっと近くに来て？」

そうですか。そんなに破滅がお望みですか。

私はにこやかに微笑みながら、目の前のアイツには聞こえないくらいの声で呟《つぶや》いた。

「落ちろ」

端的にそう呟いた瞬間、アイツの足元にぽっかりと丸い穴が空いた。

「……⁉」

驚愕で瞳を見開いたアイツは、為《な》す術《すべ》もなく真下へと落ちて行く。

リカルド様、ごめんなさい……。

全く似ていないと思っていても、愛しい人に似たモノを傷付けることには罪悪感が芽生える。

……この罪悪感の分まで、決してアイツを許しはしない。

道化の鏡が落ちた穴の中を見下ろしながら、私はとあるイメージを練り固めた。

イメージをしたのは【灼熱地獄《しゃくねつ》】のマグマである。

普通のマグマなら、きっと痛みを一瞬感じるかどうかですぐに死んでしまうだろう。

そんな生温《なまぬる》いことはしない。永遠にマグマ地獄で生きながら焼かれ続けろ。

うん。いいね。そんな効果をプラスしよう！

想像したら、楽しくなってきた。

私は口元に歪《ゆが》んだ笑みをのせた。

奈落《ならく》の底《そこ》で、アイツが藻掻《もが》いているが……絶対に逃がさない。

その穴の中でいつまでも苦しみ続けるがいい‼

「沸け……マ」

「ストップ！」

呟こうとした呪文《じゅもん》はお兄様の手で塞《ふさ》がれ、最後まで紡《つむ》がれることはなかった。

「ももうまま⁉」

私はすぐに抗議の声を上げたが、口を押さえられている為《ため》に言葉にはならなかった。

「ちょっと落ち着きなよ」

何で邪魔するのかな⁉

私はキッとお兄様を睨《にら》み付けた。

「はいはい。そんな顔しても全然怖くないからね？」

お兄様は平然としながら肩を竦《すく》めた。

「リカルドを馬鹿にされたみたいで腹が立つのは分かるけど、シャルのしようとしたことは、とても趣味が悪そうだ」

「でも……！」

お兄様の手が私の口元から離れたので、私はもう自由に話せるようになった。

「うん。君が許せないのはちゃんと分かってる。僕が言いたいのは……攻撃を仕掛ける相手が違うってことだよ」

……相手が違う？

お兄様に対して湧いた怒りが、一瞬で治まった。

「……どういうことですか？」

「僕は面倒な魔物って言っただろう？」

「はい。……それは人のことを小馬鹿にしたような、アイツの言動を指してではないのですか？」

「まあ、それもあるけど。【道化の鏡】の現れる所には、必ずと言っていいほどに一緒に現れる……対と言われる魔物がいるらしい」

……対と言われる魔物？

新たな情報に私は瞳《ひとみ》を見開いた。

「……それで？　その魔物はどこにいるのですか？」

私が尋ねると、お兄様はニッコリと微笑《ほほえ》みながら下を指差した。

「地下十階層……？」

「多分ね。その対の魔物がダンジョンマスターの可能性が高い」

「では、早く行きましょう！　遅かれ早かれ行くのですから！」

さっさと下に向かおうとする私の肩をお兄様が掴んだ。

「シャル、待って」

「どうして止めるのですか！」

お兄様の手を振り払おうとすると……逆にその手を掴まれた。

「お兄様!?」

「その前に、ミラとサイラスの魔術解かない？」

あっ……しまった。ミラとサイラスに掛けた魔術の存在を忘れていた。

ミラとサイラスは案の定、困ったような顔でこちらを見ていた。

それもそのはずだ。動けないミラ達を放置して、一人でも先に進もうとしていたのだから。

「……ごめんなさい」

二人の元に駆け寄った私は、謝りながら解術を施した。

カッとなって頭に血が上りすぎていた。

「頭が冷えたならもういいよ」

自由になったミラは、うーんと大きく背伸びをした後に私の額をつついた。

「サイラスもごめんなさい」

「私はシャルロッテ様が無事なら構いません」

サイラスは何事もなかったかのように微笑んでくれる。

チラリとお父様達の方を見ると、私の視線に気付いたお父様が一瞬だけビクリと身体《からだ》を揺らしたものの……すぐに鷹揚《おうよう》に手を振り返してくれた。

そんなお父様達だが……いつの間にか距離ができてない⁉　さっきまでこんなに離れていなかったよね⁉　軽く十メートルは離れている。

お兄様やお母様から既に話は聞いているはずだが……実は、家族の中でお父様とだけ面と向かっては和泉《いずみ》の話をしていない。機会がなかったと言えば嘘《うそ》になるが、お父様にはどことなく避けられている感じがしていたので、何となく私も近付くのを躊躇《ためら》っていた。

……まあ、話す機会といっても、私を怖がっている節のあるお父様が時間を作ってくれるかは疑問だ。……脅かし過ぎたかな？

しかし、今までのは絶対にお父様達が悪いと思うんだ！　私は悪くない‼

取《あ》り敢えず……この話はダンジョンを出てから考えよう。

もう何だったらこのままの関係でも構わないと思っている。

それよりも今すべきことは、これから地下十階層に下りるにあたっての準備や心構えだ。

もう少し敵の情報をまとめておかなくてはならない。

「お、おーい！　助けて！」

丸く空いた穴の下の方から声が聞こえるが、敢えて無視する。

「助けてー！」

あーあー。私には聞こえない。聞ーこーえーなーい。

「助けーてーくーれー‼」

あー、もう！　うるさいヤツだな‼

さっき消滅させられなかったことが悔やまれる。

ここは……。

「では、お父様。よろしくお願いします！」

「へっ……⁉」

お父様達に丸投げしてみた。たまには苦労するといいのだ。

みんなで頑張って穴の中から引き上げて下さいね？　ふふふっ。

さて、面倒事はお父様達に任せたので、私はこの間にお兄様達から聞いた情報を整理しよう。


道化の鏡は【千里眼】という、千里――約四千キロまでの範囲ならば、移動せずとも見たいと思うモノを好きなだけ見られるという能力と、対象の過去の記憶に干渉して弱点を知ることができる能力を持っているそうだ。

その能力を生かして多種多様な種族や魔物に化けてわざと滑稽《こっけい》さを装い、相手の油断を誘う。

道化の鏡の思惑にまんまと嵌《は》まると、道化の鏡の中に取り込まれ……真っ暗な異空間内を死ぬまで永遠にさ迷うことになる。

因みに道化の鏡の場合は、一般的に言われる千里眼とは少し違い、他者の心や未来をも読み取れるのではなく、あくまでも『過去の記憶』への干渉なのだそうだ。

だからアイツは、シャルロッテ《私》やリカルド様に化けることができたのだ。

私にとって、シャルロッテもリカルド様も色々な意味で特別な存在なので、弱点扱いされるのは理解できるが……最初の白い変態の姿は誰《だれ》の弱点だったのだろうか？

先頭にいたのはお父様達だから……その中の誰か？

……まあ、いいか。これは知らない方がいい大人の事情かもしれない。そうだ。そうだよね⁉

と、いうことで気にしない。気にしたら負けだ！

確かに道化の鏡の能力は面倒で厄介だった。

お兄様が隙《すき》を見せないように警戒をしていた理由もやっと理解した。

それならそうと早く教えて欲しかったけどね。

そんな【道化の鏡】の現れる所には、必ずといっていいほどに一緒に現れるのが【叡智《えいち》の悪魔】や【終焉《しゅうえん》の金糸雀《カナリア》】とも呼ばれる妖艶《ようえん》な美女の姿をした、とても知性の高い魔物だそうだ。

この魔物をええと……『金糸雀《カナリア》』と呼ぶことにしよう。

このダンジョンの最下層にいるはずのダンジョンマスターの金糸雀の一番厄介な能力が、セイレーンの如《ごと》き美しい歌声で他者を魅了して操る能力なのだそうだ。魅了された者は自我を失い、金糸雀に操られるがままになってしまうのだそうだ。

ゲーム内で発生したスタンピードは、金糸雀が主導となって起こした可能性が現時点で最も高い。つまりは、金糸雀さえどうにかできれば、スタンピードが回避できるかもしれないのだ……。

「た、助かったぁー……」

私が情報の整理を終えるのと、道化の鏡が救出されたのはほぼ同時だった。

アイツはリカルド様に似せた姿から、既に元の鏡の姿に戻っていた。

但《ただ》し、一番最初に会った時の巨大な鏡の姿ではなく、だいぶ小振りな大きさでだ。

まあ、それはそのはずだ。小さくならなければ穴から出られないのだから。

アイツがどんな大きさになろうと私にはどうでもいいが、鏡の姿に戻ったのは賢明な判断である。

まだあの茶番を続けるのであれば、私は誰が何と言おうと制裁を与えただろうから。

「さて。これからあなたのすべきことは何でしょうね？」

私は道化の鏡を正面に見据え、瞳を細めながら静かに問い掛けた。

目の前にはロープでグルグル巻きにされた状態の道化の鏡がいる。

道化の鏡はブルブルと震え出したが、私は気付かないフリをして構わずに問いを重ねた。

どちらが優位なのかこの際に充分に知らしめる必要があったからだ。

「服従か死か。どちらがいいですか？」

瞳を細めたまま口の端を歪めると、その瞬間にシーンと地下九階層全体が静まりかえった。

……あれー？

思わず後ろを振り返ると、ミラやお父様達にサッと視線を逸《そ》らされた。誰も彼もが頑《かたく》なに私と目を合わせないようにしているではないか。違うのはお兄様とサイラスだけだった。

お兄様は楽しそうに微笑《ほほえ》み、サイラスは恍惚《こうこつ》とした笑みを浮かべている。

……何故《なぜ》だ。

べ、別にいいけどね⁉　怖がられることには慣れている。だって悪役令嬢だもーん……。

「お、俺はお前に服従する！　だから消さないでくれ！」

答えを促そうと道化の鏡へ視線を向けると、ヤツは焦ったような声を上げた。

「……お前？」

「あなた様に‼」

「そう。服従を選ぶのね？　だったら……さっきから通信し続けてる回線切れるよね？」

道化の鏡の身体がビクリと大きく跳ねた。

「私が気付いていないとでも思ったの？」

私達の周りに張られている万能結界が、さっきからずっと警告をし続けてきているのだ。

『警告！　警告！　誰カガコノ空間ニ干渉シテマス！』

こんなこともできるなんて！　流石《さすが》は私のチートさんだ！　ありがとう！

……って。あれ？　この警告の声……ロッテに似てない？

『気付イテクレタノデスネ！　ゴ主人様！』

はっ⁉　え？　ちょっと待って！

本当にロッテなの⁉　……何してるの？

あなたはチートなオーブン、じゃなかったの⁉

『テヘペロ』

オーブンがテヘペロした！

ま、まあ……可愛《かわい》いからいいけど。

いつの間にか私は、ロッテとシンクロしていたらしい。心の中で会話ができるのはかなり便利である。

可愛いロッテともっと話したい気持ちもあるが、今はそれどころではない。

ロッテ。詳しい話はまた後でね？

『ハーイ。頑張ッテ下サーイ！　ゴ主人様！』

……うーん。ロッテが私の想像を遥《はる》か斜め上をいくチートだった件。

ただ、ロッテは話せば分かってくれる良い子だから……心配はないだろう！

それよりも問題は目の前のコイツである。

「アワアワ………ワワワワワ」

ガタガタと身体を揺らしながらアワアワし続けている道化の鏡に近付いた私は、ガシッと両手で鏡の縁を掴《つか》んで顔を近付けた。

「お前は私に服従を誓ったのにもかかわらず裏切った。裏切り者の末路は……死」

「き、切りました！　回線はもう切りました！　だ、だから殺さないで‼」

私の言葉を途中で遮った道化の鏡が、ガタガタと震えたまま涙をボロボロと溢《あふ》れさせせながら懇願し出した。

「……チッ」

「舌打ち⁉　舌打ちしたよ、この娘！　……あっ、いえ……すみません！　謝るから睨《にら》まないで‼」

「分かればよろしい」

残念だ。いっそのこと壊してしまいたかったのに。……私の恨みは根深いのだよ？

「……ねえ。今更かもしれないけど……シャルロッテって貴族令嬢なのに、何であんなに脅し方が上手《うま》いの？」

「そこが魅力的なのではないですか」

「シャルロッテは、ただの貴族令嬢じゃなくて公爵令嬢だよ？」

「シャルロッテ様は、ルーカスの妹君ですからね。影響……されたのでしょう」

眉間《みけん》にシワを寄せたミラと、微笑むサイラスがヒソヒソと話している。

仲良しか‼　さっきまで仲悪そうにしていたくせに！

それに、そういうことを言ってると…………

「僕がどうかした？」

ほら。怖い怖ーい魔王様《おにいさま》が会話に割って入ってくるんだからね？

「「いえ……別に」」

声を揃《そろ》えて首を横に振るミラとサイラス。

お馬鹿だなー。お兄様は私以上に地獄耳なんだから、気を付けないと駄目なのに。

全く……二人は迂闊《うかつ》すぎるよ。

「シャル？」

……ほらね？　声に出さなくてもバレるんだからね⁉

私は速攻で土下座をしてお兄様に謝罪した。

触らぬ神に何とやら。神様、仏様、魔王様《おにいさま》。

「お、おーい……？　下に行かないのか？」

道化の鏡が、おずおずと口を挟んでくる。

「い、行くよ⁉」

お兄様のせいで目的を忘れてしまったじゃないか。こともあろうにそれをアイツに指摘されるとは……。

「じゃあ俺を解放……」

「……するわけないでしょう？」

「ひっ……‼」

私は道化の鏡を思い切り睨み付けた。

コイツにはもっと金糸雀のことも含めた色々な話を聞かなければならないし、金糸雀の対であるならば人質として利用できるかもしれないのだ。今後の展開を優位に進められる可能性があるものは何でも使う！　使えなかったり、邪魔するのなら今度こそマグマにドボンすればいい。

ということで一緒に連れて行くことに決めた。


所謂《いわゆる》、ラスボスがいる階層に向かっているのだから、充分に気を引き締めないと危険だ。

相手は【叡智の悪魔】であり、【終焉の金糸雀】と呼ばれ恐れられる金糸雀《ダンジョンマスター》なのだから。

ここで私達の命運が分かれると言っても決して過言ではないだろう。

そんな深刻な状況のはずなのに……。

「ダンジョンを出たら邸《うち》に来るといいよ」

「マジっすか！」

「うん、歓迎するよ」

「うわっ！　マジで嬉《うれ》しいっす！」

……おい、こら！　現アヴィ家当主！

そんなに軽くていいの？　邸には家族や大切な使用人のみんながいるんだよ？

油断した相手をパクリと飲み込んでしまうような鏡なんだよね⁉

お父様と道化の鏡は和やかに話しているけど、穴から救出された時よりも多少大きくなった道化の鏡は、相変わらずロープでグルグル巻きにされた状態のままだし……しかも、リアのメンバーにズルズルと引き摺《ず》られている状態だ。階段降りる時なんて、段差でガッコンガッコン音を立てながら上下してたからね！　鏡のくせによく割れなかったね⁉

今まではお父様達が前衛で、私やお兄様達は後衛だったが、現在は前衛と後衛の立ち位置が逆になってしまっている。

それは何故《なぜ》かといえば……

「お父様達だからねー」

悲しいかな……お兄様のその一言に尽きる。

それだけで説明が済んでしまうのが腹立たしい……！

これまでのダンジョン探索中、魔石集めに夢中になるあまりに、無計画に魔物を増やし続けて私達を危険に晒《さら》し、その度にお仕置きをされてきたのにもかかわらず……今度は魔物と仲良しか！

お父様達に、道化の鏡への尋問や対応を任せたのは間違っていた。

やっぱり自分でやればよかった……。私は今、心の底から悔いている‼

まあ……最悪、お父様に何かあっても、次期当主のお兄様がいるからいいか！　そうだ、そうだ。

私はイライラする気持ちを吹き飛ばす為《ため》に、ポジティブに考えることにした。

そんな緊張感の無い状態で地下十階層に足を踏み入れると……。


「遅い‼」

漆黒色の髪に、瞳孔《どうこう》の縁が金色に見える不思議な漆黒色の瞳《ひとみ》。ボンキュッボンとしたメリハリのある身体《からだ》。太腿《ふともも》までの深いスリットの入った、サラリとしたシルクのような光沢のある真っ赤《まか》なロングドレスを纏《まと》っている色白な妖艶美女が、腕を組みながら仁王立ちしていた。

見た目は二十代半ばぐらいに見えるが、魔物だから実際の年はもっと上だろうか。

……おばさんではないか。お祖母《ばあ》ちゃんよりもっと上の曽祖母《ひい》ちゃん以上にあたるであろうこの女性が地下十階層の魔物であり、ダンジョンマスターの金糸雀なのだろう。

「……なっ⁉　あんた失礼ね！　私を『曽祖母ちゃん』なんて呼ばないで！　自分がちょっと若くて可愛《かわい》いと思って……！」

綺麗《きれい》な顔を真っ赤に染めながら憤慨する金糸雀。

……えっ？　まさか、金糸雀は心が読める魔物なの？

「シャルロッテ、それ違う。全部口に出してたよ」

目を丸くしながら首を傾《かし》げる私に、呆《あき》れ顔《がお》のミラがツッコんできた。

なんですと……！　やっちゃったね！　あははっ。

「この状況でいつも通りだなんて……シャルロッテの強靭《きょうじん》な心臓が羨《うらや》ましいよ……」

「そこも魅力的ではないですか。やはり若いあなたには、シャルロッテ様の魅力は伝わってないのですね」

「はあ？　伝わってるし！　シャルロッテは猪突猛進で、基本的に気遣いが斜め上なんだ！　発想は奇想天外で意味不明だし！」

サイラスがフフンと挑発的な笑みをミラに向けると、ミラはキッと睨み付けるようにしながらサイラスに喰《く》って掛かった。

「……ミラさんや。それは褒めてるの？　それとも貶《けな》してるの？

「お人好《ひとよ》しで、どうでもいいことでも放っておけなくて……自分の許容範囲を超えていっぱいいっぱいになって泣きそうなのに、自分のことのように馬鹿みたいに必死になって……！」

これってやっぱり貶してるよね⁉

「へえ。ちゃんと分かってるのですね」

サイラスがミラの言葉に乗っかり始めたぞ⁉

わ、分かってる……って、私そんななの⁉

ふ、ふーん。……二人は私のことをそんな風に見ていたのか……。

本当は構われたくないんだから、二人にどう思われていたって私は一向に構わないんだからね⁉

……き、傷付いてなんてないんだから……！

「はいはい。ストップ。その辺で止めないと僕が怒るよ？」

お兄様はミラとサイラスの間に割って入り、二人の首を強引に私の方に向けた。

「「あっ……」」

プウッと頬を膨らませている私に気付いた二人の瞳が極限まで見開かれた。

「シャルロッテ！　これは……違っ！　違わないけど違う！」

「そうです！　私達が言いたいのは……！」

慌てた様子のミラとサイラスは私の両隣に来て、揃ってあたふたと弁解を始めた。

今更フォローし始めたって遅いんだから！

まるで阿波踊《あわおど》りをしているかのような動きの二人をただ黙ってジトッとした目で見る。

もう知らない！

更に頬を極限まで膨らませた私が顔を背けた瞬間……。

「……あんた達。揃いも揃って、いい度胸してるわよね？」

私達に流れていた微妙な空気をスパッと切り裂いたのは、今まで一人で放って置かれていた仁王立ちの金糸雀《カナリア》だった。低音ボイスが金糸雀の怒りを代弁してくれている……。

「私は無視されるのが大っ嫌いなのよね！」

金糸雀は眉間にシワを寄せ、腕をギュ～ッと組んで胸元を強調させるように身体を反らした。

あー……金糸雀の存在を完全に忘れていた。マズイな……怒らせたらしい。

背中に冷たい物が伝うのを感じながらも、つい気になってしまうのは……金糸雀の豊満な胸元だ。

羨ましい……。羨ましすぎる。

私のお胸はツルペタを卒業したくらいの慎《つつ》ましさしかない。

シュンと眉《まゆ》を下げ、金糸雀の胸元と自分の胸元のラインを見比べた私は大きな溜息《ためいき》を吐《つ》いた。

「だ、大丈夫よ！　あなたはまだ若いんだから！　ね!?　あんた達もそう思うでしょ!?」

すると何故か金糸雀が急にフォローし始めた。

『あんた達』と言われた面々をチラッと見やれば、サッと視線を逸《そ》らされた。

ミラとサイラスの顔が赤いのは気のせい……？

……しかし、それよりも気になるのはお兄様だ。

失笑からの大爆笑って酷《ひど》くないですか!?

この場でただ一人、お兄様だけがお腹《なか》を抱えて笑っている状態だ。

もー！　暫《しばら》く口を聞いてあげないんだから‼

私はまたプウッと頬を膨らませた。


「あーもう！　ホント、調子が狂う娘ね……」

私達のやり取りを見た金糸雀は、呆れたように肩を竦《すく》めながら溜息を吐いた。

「で？　あんたはそっち側に付いたのね？」

金糸雀は横目で道化の鏡を見た。

「……ごめん。姉さん」

ダラダラと汗を流しながら、道化の鏡は気まずそうに視線を逸らして呟《つぶや》いた。

は？　……『姉さん』だと!?

「まさか道化の鏡と……姉弟《きょうだい》なの？」

私は道化の鏡と金糸雀とを交互に指差した。

「ええ。正真正銘の弟よ。私達は魔王の子供だもの」

マジですか。姿形が違っているのに弟なんだー……。すごいねー！

って……『魔王の子供』⁉

こ、これって、サラッと流していい話（汗）？

魔王……って、彼方達《ヒロイン》が最終的に倒す予定のあの魔王のことだよね⁉

それが、道化の鏡と金糸雀の父親……？

金糸雀と道化の鏡が対と言われているのは姉弟だったからっていうオチか⁉

「さて、どうしようかしら。あなたと戦っても私の方が少し分が悪いのよねぇ……」

私の動揺に気付いているのか、いないのか……。

金糸雀は人差し指を唇に当て、瞳を細めながら私をジッと見ている。

「そうだ！　私、あなたにお願いがあるのよ」

金糸雀はフフッと蠱惑《こわく》的な笑みを浮かべながら、私の方に向かって歩き始めた。

お兄様達が私を庇《かば》おうとしたが、私はそんなお兄様達を押し留《とど》めてから自ら一歩前に出た。

私には万能結界《チート》が張ってあるので大抵のことには対応可能なのだ。

「……何でしょう？」

万能結界を更に強化し、身構えながら答える。

私の目の前までゆっくりと歩いて来た金糸雀は、急にゆらりと崩れたように体勢を低くした。

……っ！　攻撃される⁉

咄嗟《とっさ》に両足を肩幅に開いて腰を落とすという臨戦態勢を取った私は…………

「お願い！　私にメイ酒漬けドライフルーツの入ったアイスクリームを食べさせて！」

頭を床に擦《こす》り付けるようにしながら懇願されるという……金糸雀からの予期せぬ【土下座攻撃】

に為《な》す術もなく固まった。
ある意味……意表を突くという金糸雀の攻撃は見事に通用したことになる。
お陰で万能結界は使い物にならず、私自身も動けずにいるのだから……。
……なんだ。この状況は。
私は瞳を大きく開いたまま絶句した。
土下座のもたらす衝撃を再確認させられた気がする。
私自身は土下座をすることも厭《いと》わない‼　魔王様《おにいさま》に許しを乞《こ》えるのであれば！
魔王様《おにいさま》……本物の魔王の話が出てきた今ではなんと紛《まぎ》らわしいことだろうか……。
お兄様の新しい呼称を考える時がきたのかもしれない。
――トントン。
しかし、魔王に代わる呼称って何だろう？
私はそう考えながら首を捻《ひね》った。
お兄様以上に『魔王』の呼称が合う人もそうそういないと思うのだけれど……。
【絶対零度《おにいさま》】、【破壊神《おにいさま》】、【悪魔《おにいさま》】……？
うーん……何か決め手に欠けるなあ。
可及的速やかに考えなければならない案件だというのに。
――トントン。
って、誰だ！　さっきから私の肩をトントンと叩《たた》いているのは！
キッとその相手を睨《にら》み付けると……。

「シャル。そろそろ現実に戻ろうか？」

ニッコリと微笑《ほほえ》む魔王様《おにいさま》と目が合った。

Oh――……。

やっぱり【魔王様】の呼称は私の兄のものかもしれない。

そうだ。いっそのこと本物の方の呼称変更を要求したらいいじゃないか！

……ということで、そろそろ現実に戻ります。はい、すみませんでした。

だから、そんな顔しないで……！　もう分かったから！

コホン。では気を取り直して、現実に目を向けようではないか（泣）。

私の眼下では『メイ酒漬けアイスクリーム』の為《ため》に土下座をしている金糸雀の姿がある。

理由がメイ酒漬けのアイスクリームって……。

どうしてそれを知っているのだろうか？

「どこでそれを……？」

「実は、あなた達がこのダンジョンに初めて来た時から、弟を通してずっとあなた達を視《み》ていたのよ」

金糸雀は這《は》いつくばっている状態で視線だけを私に向けてくる。

はい！　ストーカー発言入りました!!

「……ダンジョン内でのあなたの規格外の魔術や、エルフの里での復讐《ふくしゅう》劇。そのどれもに、あなたは私の手に負える相手ではないと思い知らされたわ」

金糸雀は、どこか遠くの異世界を見るような虚《うつ》ろな眼差《まなざ》しを浮かべた。

そんな異世界にワープしていた視線が、現実世界へ戻って来たと思ったら……。

「お願いよ！　私を飼ってもいいからっ……！　私にアレを頂戴《ちょうだい》‼　そしたら、私もあなたに永遠の忠誠と服従を誓ってもいいわ！　だから、お願いよー‼」

そうして金糸雀はまた額を床に擦り付けながら土下座をした。

取り敢《あ》えず……。

私はこれだけは声を大にして言いたいと思う。

『メイ酒漬けアイスクリームは怪しい薬じゃないからね⁉』

……と。

【魔物をも虜《とりこ》にするメイ酒漬けアイスクリーム‼】

そんなキャッチーなフレーズを求めてはいない。

あくまでも自分が食べたいと思った物を作っただけなのに……どうしてこうなった。

……それに、他にも色々と突っ込みたいところがある。

【叡智《えいち》の悪魔】であり、【終焉《しゅうえん》の金糸雀】である金糸雀を私が飼う？

魔王の娘だよ⁉　その娘って簡単に飼えるの⁉

犬や猫じゃあるまいし……『じゃあ、飼っちゃおうか！』なんてなるか‼

……いや、まあ、お父様のせいで弟の道化の鏡の方はアヴィ家に住むことが決まってるけどさ。

もうどうしたらいいか分からなくなってしまった私は、お兄様達に助言を求めることにした。

こんなの私だけの手に負えない！

クルリと後ろを振り返ると、背後にいた面々は……これまたお兄様とサイラスを除き、全員が絶句していた。道化の鏡……お前もか！

ああ……私も絶句して固まっていられる側の人間でいたかった。

こんな渦中に誰《だれ》が好きでいたいと思うのだ！

「あげたらいいんじゃない？」

頭を抱え出した私に向かってそう言ったのは、ニコニコ笑顔のお兄様だった。

「……お兄様？」

困惑する私とハッと嬉しそうに顔を上げた金糸雀。そしてこの場にいる全員の視線がお兄様に注がれている。

「シャルの作るアイスクリームは、この世の食べ物の中で一番と思えるくらいにおいしいよ？」

「た、食べたいです！」

「んー、食べさせてあげてもいいんだけど……そうだなー」

瞳《ひとみ》を細め意味深さを滲《にじ》ませながら金糸雀を見下ろすお兄様。

「な、何でもします‼」

そんなお兄様の足元に縋《すが》り付く金糸雀。

「じゃあ、アイスクリームをあげたら君の知ってる情報を全部教えてくれる？」

「はい！　喜んで‼」

金糸雀はパアッと表情を明るくし、敬礼をしそうな勢いで大きく頷《うなず》きながら即答した。

まんまとお兄様に乗せられているが……それでいいのか？　魔王の娘よ。

まるで、薬物依存者と提供者のような会話になっているが……。

これはあくまでも、ドライフルーツが入ったアイスクリームをあげるかどうかの話である。

『メイ酒漬けアイスクリームは怪しい薬じゃないからね⁉』

大切なことなので二回言ってみた。

……我が家の魔王様《おにいさま》は、悪役がとてもよく似合ってしまうので恐ろしい。

魔物を前にしても怯《ひる》まないだなんて……ラスボスか！

私はそんな二人のやり取りが終わるまで、ミラ達と共に黙って見続けることにした。

こうなったお兄様は止められないので放置するに限る。

「はい。どうぞ」

「こ、これが……夢にまで見た…………！」

夢にまで見たんだ……。

特別な時に食べようと思って、コッソリ隠しておいた私の大事なメイ酒漬けアイスクリームを、お兄様は無慈悲にも強制的に私から奪い……金糸雀に渡したのだ。

私の大事なアイスがあぁぁ‼　……ぐすん。

念願のメイ酒漬けアイスクリームを手にした金糸雀は、一口、一口と……感激した様子で口に運んでいる。魔物でもおいしいと思える味だったらしい。

嬉《うれ》しいのだが……複雑な気分だ。

そんなこんなで、我が家の魔王様《おにいさま》が金糸雀から引き出してくれた情報によると……

やはりこのダンジョンは地下十階層が最終階層だということが分かった。

ダンジョンの支配者《マスター》である金糸雀《カナリア》が倒されるか、ここから金糸雀が立ち去った後《のち》に一ヶ月間ほど戻らなければ自然にダンジョンが消え失《う》せる仕組みになっているらしい。

そういうことならば、一刻も早く金糸雀をここから連れ出してしまいたい。

毒気を抜かれすぎて、金糸雀を倒すつもりがなくなってしまったからだ。

金糸雀をダンジョンから離すだけでスタンピード回避になるのなら、多分その方がいい。

スタンピードを無事に回避する為には、余裕を持って一年くらいは金糸雀を手元で押さえておきたいところではあるが……。

私はチラリと金糸雀を横目で見た。

今はメイ酒漬けアイスクリームに夢中になっている金糸雀だが……彼女は魔物だ。

しかも魔王の娘で知能がかなり高い。

約束を反故《ほご》にした金糸雀が、急に牙《きば》を剥《む》いてこないと誰が保証できるだろうか？

監視を兼ねて、アヴィ家に置くのはいいが……【終焉の金糸雀】を側《そば》に置くことで起きる弊害は果たしてないのだろうか？　怒った魔王が攻めて来たりしない？

プニッ。

黙って一人で思案していた私の頬をお兄様がつつく。

プニッ。プニッ。

また二度、頬をつつかれた。

「……お兄様？」

人が真剣に考え事をしているというのに、この人は……。

「可愛《かわい》い顔が台無しだよ？　シャル」

誰のせいですか！

お兄様をジト目で睨み付けていると、空気を全く読まない金糸雀が私とお兄様との間に乱入してきた。

「シャルロッテ！　あのアイスクリームすっごーくおいしかったわ！　本当よ？　すっごーくよ⁉　ねえ、……もうないの？」

「ありませんよ」

最後に残していた物を奪われたんだもん！　また作れれば別だが。

「そう……」

「……そんなにおいしかったのですか？」

シュンと眉《まゆ》を下げて悲しそうな顔をする金糸雀に向かって、私は素朴な疑問を投げ掛けてみた。

「ええ。こんなに冷たくて甘くて……幸せな気持ちになれるようなおいしい食べ物は初めてだわ！」

「……アイスクリームを毎日あげるって言ったらどうしますか？」

「アイスクリームを？　……それは勿論《もちろん》、あなたに服従するしか……って。ああ、なるほど。あなたは私が約束を違《たが》えたりしないのかが心配で不安なのね？」

「えっ⁉」

まさかこんなに早く核心を突かれるとは思っていなかった。

不意を突かれ過ぎて、取り繕っているはずの外面《そとづら》が思い切り剥《は》がれてしまったじゃないか！

……うっ。油断した。

そんな私をクスクスと笑いながら見ていた金糸雀は、胸の谷間から一つの腕輪を取り出した。

金色に輝く腕輪には、蔦《つた》や鳥等《など》の綺麗《きれい》な細工が施されており、見ているだけでも楽しくなりそうなのだが……。

「しまう所ってそこ⁉」

思わずツッコんでしまった私は悪くない。お前は不〇子ちゃんか！

お色気妖艶《ようえん》キャラにありがちな展開が目の前で見られるとは……。

けしからん！　まさにけしからん！　そしてそんなお胸が……羨《うらや》ましい。

ツルペタな私に、そんなのしまえる場所なんてないもんねー⁉

「……これは？」

「あなたに『私を飼ってもいい』って言ったのは、口約束だけじゃないのよ？」

首を傾《かし》げる私に、金糸雀は腕輪を見せながら丁寧に説明をしてくれた。

【籠《かご》の鳥】という魔封じの腕輪。その名の通り腕輪をはめられた者を鳥に変化させてしまう。

この腕輪は、『はめられた本人が死ぬ』か、『腕輪をはめた者に外してもらう』、又は『腕輪をはめた者が死ぬ』という三パターンでのみ外すことが可能だ。

つまり、うっかり自分ではめてしまえば死ぬまで外せずに鳥のまま。

他者にはめてもらう……従僕関係であれば本人が死ななくとも外すことが可能。

腕輪がはめられている間は魔力を封じ込められる為《ため》に魔術が使えなくなる。元々魔力の高い者ならば話すことはできるが、魔力の低い者は本物の鳥のように鳴くことしかできない。

一体誰が何の為に作ったのか……なんとも怖い腕輪である。

「本当はあなたを捕まえて、私のペットにしようと思っていたのよ？　……って、そんな顔しなくても今はしないわよ。『思っていた』って言ったじゃない！」

金糸雀は苦笑いを浮かべた。

いやいやいや！　笑えないよ⁉

密《ひそ》かに私の監禁ルートの可能性があったんだからね⁉

「あなたから魔力を奪って不自由な籠の鳥にするよりも、私が鳥になって付き従いながら、あなたの見る世界を一緒に見た方が断然面白そうだと思ったのよ。どうせ人間の寿命なんて百年くらいなんだから。私達からすればそう長くもない年月だし。どう？　悪い話じゃないでしょう？」

首を傾げながら金糸雀は楽しそうに笑う。

確かに直近のスタンピードを防ぎたい私にとって悪い話ではないが……。

「見返りは、メイ酒漬けアイスクリームか、おいしい食べ物でいいわよ？」

見返りは食べ物か……。

これで金糸雀を拘束できるなら、願ったり叶《かな》ったりだが……。

どうしたものか………。

「この腕輪が信用できないの？　だったら……そうね、そこの坊やに鑑定してもらったら？」

金糸雀はミラへ視線を向けた。ミラが鑑定を使えるのも知っているのだ。

「……鑑定しようか？」

尋ねてきたミラに私は首を横に大きく振った。

「んーん。大丈夫。その必要はないよ」

「それでいいの？」

ミラは心配そうな眼差《まなざ》しを向けてくるが、金糸雀が私を騙《だま》すつもりならもっと上手《うま》くやる。

今一番、何よりも気がかりなのは……

「……ねえ。あなたにこの腕輪を使ったら……魔王が怒って攻めてきたりしない？」

スタンピードを回避できても、魔王軍が攻め込んできたら洒落《しゃれ》にならない。

ジッと金糸雀を見ると、金糸雀の瞳が一瞬だけ驚いたように丸くなった後に、スッと細められた。

「大丈夫よ。それは絶対に保証する」

「金糸雀……？」

自嘲《じちょう》気味に微笑《ほほえ》む金糸雀は、それ以上は何も話そうとはしなかった。今は話したくないのか笑顔で誤魔化《ごまか》している。

そんな金糸雀からの根拠と証拠のない断言だが……私には彼女が嘘《うそ》を吐《つ》いているようには思えなかった。

どうしたらいいだろうか？　直感のままに金糸雀を信じるか否か。

私の判断にみんなの命が懸かっているのだ。間違えられない……！

思わずギュッと固く握り締めた両手の拳《こぶし》が、フワッとした温《ぬく》もりに包み込まれた。

ハッと顔を上げると、お兄様の笑顔がすぐ側にあった。

「大丈夫。君だけに責任を負わせたりはしないよ」

お兄様の両手に包み込まれて安堵《あんど》した私は、握り締めていた手の力を抜いた。

……そうだった。私は一人じゃない。

見失いかけていた周りに目を向けてみれば、お兄様だけでなくミラやサイラス、お父様達だって温かな目で見守ってくれているじゃないか……。

正直に言えば不安はまだ消えていない。消えていないが……私は決めた。

「決めたのね？　じゃあ、これからよろしくね」

微笑む金糸雀から腕輪を受け取った私は、差し出された白くほっそりとした左手に、【籠の鳥】をそっとはめた。

腕輪が金糸雀の手首にはまった瞬間……私と金糸雀の周りを黄金の光が包み込んだ。

……っ!?

黄金の光が消え失せた後には、黄色の小鳥のカ、ナ、リ、アがいた。

「……あなたは……金糸雀？」

「ええ、そうよ。これで信じてくれた？」

黄色の小鳥がフフッと笑いながら小さく首を傾げた。

金糸雀なだけに……カナリアって、安易ではないだろうか？

「細かいことを気にするんじゃないわよ」

……口に出していないのに何故バレた？

それにしても、小さなモフモフ……可愛《かわい》い。

金糸雀の姿に和んだ私は、異空間収納バッグの中からドライフルーツ入りのパウンドケーキを取り出し、手の平に載せてから金糸雀の口元に差し出した。

「な、何コレ⁉　おいしいんだけど！」

金糸雀は一心不乱にパウンドケーキをつつき出す。

「はぁ……。し・あ・わ・せ～」

パウンドケーキを食べ終えて、小さなお腹《なか》をポッコリと膨らませた金糸雀は、私の肩に留まって羽繕いを始めた。

……もしかして、金糸雀が小さな鳥になりたがった理由って……小鳥なら少量でも、大好きな物をお腹いっぱい食べられるという食い意地からじゃないよね？

そんな意味を込めて金糸雀を見ると、私の視線の意味に気付いたのか、首を傾げながら『テヘッ』と小さな小さな舌を出して笑った。

その左足には、金色に輝く小さな輪っかがはめられている。


……色々あったけど。

「ダンジョン攻略完了――‼」

私は大きなガッツポーズをした。

「シャルロッテ、お疲れー」

「シャルロッテ様。お疲れ様でした」

安心したような笑みを浮かべるミラとサイラスに私は深く頭を下げた。

「二人共、本当にありがとう。そして、お父様も皆さんも今までお疲れ様でした」

そして、お父様達にも頭を下げた。

お父様とリアの面々は、しおらしい私の姿に違和感でも覚えたのか……途端に険しい顔でヒソヒソ話を始めた。

……感じ悪いとまた凍らせるよ？

ニッコリ笑うと、お父様達の背筋がピーンと伸びた。

「お疲れ様でしたー‼」

全員が一斉に斜め四十五度の角度に揃《そろ》って頭を下げる。

うん。挨拶《あいさつ》は大事よ？

私達は地下十階層で転移魔法を使用して、ダンジョンからアヴィ家の玄関まで一気に戻って来た。

本日はこれで解散である。

また一ヶ月後にダンジョン調査をすることがこの場で決まった。

その時に、ダンジョンが消滅したのを確認できたなら……この探索チームはそこで本当に解散となる。最終日にはご馳走《ちそう》を用意して、みんなで祝おうと私は決めた。


その後の余談だが……

別れ際にサイラスが、アヴィ家の執事であるマイケルに弟子入りしようとしたのを止めるのが、今回の最大の難関となり……骨が折れた。

……もう、勘弁して欲しい。

サイラスは彼方の為《ため》の攻略対象者なのだから、こんな所で遊んでないで早く辺境に帰りなさい。

そして、アヴィ家にあるお父様の書斎に大きな鏡が取り付けられた。

それは勿論、【道化の鏡】である。

まるで、白雪姫に出てくる魔法の鏡のような圧倒的な存在の鏡は、毎日のようにお父様と二人で私に対する愚痴や悩み事を話し合ったりしているそうだ。

へぇー……。そうか。そうなんだー？

小鳥の姿で私の側《そば》にいることを選択した【終焉《しゅうえん》の金糸雀】こと金糸雀は、気が向いた時に人生のノウハウを私に語りながら、おいしい物を日々満喫している。

そんな幸せそうな金糸雀を見ていると、つい魔王の娘なのも忘れて癒《いや》されてしまう。

こうして我が家に、二人の魔物が仲間入りしたのであった。

第五章　チョコレート革命

あの日から約一週間が過ぎようとしている。

私は自室のベッドの上でゴロゴロと転がっていた。

ダンジョンが消滅するまではあと三週間……か。

消滅するのを見届けるまでは、安心することはできない。

しかし……その間は特にすることがないのだ。

今日に至っては、するべき用事は全《すべ》て済ませてしまっているので……とても暇だった。

何か新しい物でも作ろうかなー……？

ボーッと天井を見つめていると、視界の隅から黄色い物が映り込んできた。

金糸雀《カナリア》である。

金糸雀は、アヴィ家の裏山にあったダンジョンの支配者《マスター》であり、何と魔王の娘でもあるのだ。

そんな彼女は現在、黄色の小鳥姿となってアヴィの邸《やしき》に住んでいる。

金糸雀が私の側《そば》にいるのは……メイ酒漬けアイスクリームやおいしい食べ物が目当てである。

部屋の中を自由に飛び回る金糸雀は、ベッドに転がる私の顔の横辺りに舞い降りた。

「今日は何を作ってくれるのかしら？」

尋ねてくる金糸雀へ、私は横になったままの状態で視線だけを彼女に向けた。

「何がいい？　昨日《きのう》は、フルッフのアイスサンドだったよねー」

【フルッフ】とは、ワッフルのような形をしたパンケーキだ。

昨日は、甘くカリッとした香ばしい食感とふわふわモチモチなパン生地の間に、アイスクリームと甘酸っぱい果物を挟んだフルッフのアイスサンドをデザートとして用意した。

王都でフルッフを食べて以来、フルッフにはアイスクリームが合うと思っていた。

そんな私の期待を裏切ることなく、想像以上においしい調和を果たしてくれた。

お兄様も大満足だったようなので、すぐに再リクエストがくるだろう。

因《ちな》みにフルッフのパン生地は、愛娘《まなむすめ》大好きスケさんに教えてもらって私が作った。

「昨日のあれもおいしかったわね……。まあ、私はシャルロッテが作る物なら何でも好きよ？」

金糸雀は嬉《うれ》しそうな顔をして小さな頭を傾《かし》げた。

……可愛すぎか！

普通の小鳥の姿をしているというのにもかかわらず、金糸雀の表情は驚くほどに豊かである。

そう思えるのは、元々の妖艶な美女の姿である金糸雀を知っているのと、意外にも喜怒哀楽のハッキリとした彼女の性格が大きいからだろう。

……ふむ。ここはそろそろ、アレを作る時がきたのかもしれない。

だが残念なことに、肝心の物を私はまだ見たことがないのだ。

しかーし！　【叡智《えいち》の悪魔】である金糸雀がここにいるのだ‼

ということで、長命で知識も豊富な彼女に相談してみることにした。

見つかればラッキー！　だ。

私が欲しい物は【カカオ】である。

お酒の次にチョコレートが大好きだった和泉《わたし》としては、そろそろ我慢の限界に近い。

お酒も飲めないい、チョコも食べられないなんて……拷問でしかない！

冬場は必ずといってもいいほどに作って飲んでいたホットチョコレート。和泉《いずみ》はそこにほんの少しだけブランデーを入れて、大人用のホットチョコレートにして楽しんでいた。

記憶を取り戻した今、この冬を快適に乗り越える為《ため》には是が非でも欲しいのだ。

アルコール分を飛ばせばシャルロッテでもいけるはずだしね！

私の知る限りでは、この世界にチョ、コ、レ、ー、トは存在していない。

つまり、自分で作るしかないのだ。

その為には、どうしてもカカオが必要になる。

一度チョコレートを作ってしまえば、色々な物に使えるから便利だという思惑もある。

今までの経験上、類似品かそれに近い物がこの世界のどこかに存在していてもおかしくない。

問題はそれがどこにあるか……だが。

瞳《ひとみ》を閉じて暫《しばら》く考え込んでいた金糸雀の目が、ゆっくりと開いた。

「見つけたらしいわ」

「本当に⁉」

魔力を封じられてはいるものの、弟である【道化の鏡】とシンクロすることが可能な金糸雀は、弟にカカオ探しをお願いしてくれたのだ。道化の鏡は自身の【千里眼】という能力により、約四千キロまでの範囲で探索が可能なのだ。

……仕方がないから、チョコレートができたら道化の鏡にもあげようじゃないか。

仕方ないからね⁉

……って私はツンデレなロリッ子か！　中身は立派なアラサーですが……。

アイツがリカルド様に化けたことを、私はまだ根に持っているのだ。

……まあ、ヤツのことは一旦《いったん》おいておこう。

それよりも大切なのは待望のカカオだ。

カカオはなんと！　アヴィ家の厨房にあるのが分かった。

灯台下暗し？　これはなんという偶然か！

偶然にしてはでき過ぎているような気もするが……考えても答えは出ないだろうから気にしないでおこう。

私はルンルン気分で金糸雀と一緒に厨房へと向かった。


トントン。

「失礼しまーす」

扉をノックしてから、厨房の中にひょっこりと顔を出した私は、すぐ近くにノブさんの姿を見つけた。

「あ、シャルロッテ様。いらっしゃいませー」

私をにこやかに出迎えてくれたのは、魔術の使える料理人であるノブさんだ。

デザート担当のひょろっと細長い体躯《たいく》の青年である。

「また何か作るんですか？」

「はい。その前に、探してる物があるんですけど……」

私はカカオ豆の特徴を思い付く限りに次々とノブさんに説明した。

「んー？　豆……ですか。そんなのあったかな？」

ノブさんは眉間《みけん》にシワを寄せ、腕を胸の前で組みながら考え込んでいる。

早く！　早く！　今すぐに思い出して！

……そう、急《せ》かしたい気持ちを必死で堪《こら》える。

焦らせてしまったら、思い出すものも思い出せなくなってしまうからだ。

宿題の漢字を頑張って思い出そうとしている子供のような姿にも見えるノブさんを、私は生暖かい眼差《まなざ》しで見守り続ける。

「あ、そういえば！」

ノブさんがポンと小さく手を打った。

何かを思い出したらしい。

ノブさん、偉い！　超偉い子！

「確か……半月ほど前に行商から仕入れた調味料の中に、お嬢様がおっしゃる物に近い物があったような？　いまいち使い方が分からない物だったので、料理長が一度だけ試した後は食料庫に置きっ放しになっているというアレかもしれません！　ちょっと待っていて下さいね！」

ノブさんは食料庫の方へと駆けて行った。

「あの料理人は魔術が使えるのね」

私の肩に留まっていた金糸雀が、ノブさんの背中を見ながら呟《つぶや》いた。

普通の鳥なら厨房はアウトだが、アヴィの邸に住んでいる皆は金糸雀が普通の小鳥ではないのを知っている為に咎《とが》める者はいない。

「……分かるの？」

「ええ。魔術を使えるほどの魔力持ちは、身体《からだ》の周りに色が浮き出て見えるもの」

「へー！」

それは、所謂《いわゆる》オーラ的な物だろうか？

「あの料理人は一般的な青。……シャルロッテは、赤に金色の縁取りの珍しい色をしているわよね」

私をジッと見つめながら、意味ありげな微笑みを浮かべる金糸雀。

もしかしなくても……私が【赤い星の贈り人】なことに気付いてる？

魔力を封じられているというのに、金糸雀の能力は底が見えない。

「金糸雀……」

金糸雀の言葉の真意を聞こうとしたところで、ノブさんが戻って来てしまった。

うーん……タイミング。

「ありましたよー！」

息を切らしながら走って戻って来たノブさんは、白い布袋を広げて中を見せてくれた。

金糸雀には色々聞きたいことがあるが……。

取り敢《あ》えずは、目の前にある目的の物に専念することにしよう。

時間はあるのだから、聞きたいならば後で聞けばいいだけだ。

私はノブさんの広げる白い袋の中を覗《のぞ》き込んだ。

「これが……？」

「はい。【ココの実】というそうです」

白い袋の中からココの実を一粒取り出してみると、茶と緑が混じったような色をしていた。

カカオの実と違うのは、形が真ん丸なところ……かな？

ココの実を上下に振ると、カラカラと可愛《かわい》い音が中から聞こえた。

ノブさんと一緒にココの実を手に取って眺めていると……

「シャルロッテ様。まさか……ソレを使うのですか？」

「ソレは食えたもんじゃないですよ？」

最近、髪が薄くなってきたことが悩みの種だという最年長の料理長カクさんと、『娘は目に入れても痛くない』と公言している愛娘溺愛《できあい》中のスケさんが近付いて来た。

「多分、大丈夫です！　ココの実は全部使っても構いませんか？」

「全部ですか！　……ええ、構いませんよ。残念ながら私では手に負えませんでしたので」

「カクさんは調理してみたのですね？」

「はい。聞いたままの調理法を試したのですが……やたら時間は掛かるし、苦いしで散々でした」

料理長の腕を以《もっ》てしても散々とは……。

ん？　『聞いたままの調理法』……？

「因みに、どんな調理方法を試したのですか？」

カクさんが聞いた調理方法は、私の知るチョコレートの作り方にとてもよく似ていたが、聞いた限りでは甘味料を一切入れていない。それでは苦いのも当たり前だろう。

この調理法で作った物を【ココトート】というのだと、行商の人が言っていたらしい。

遠く南の小国の伝統的な食べ物らしい。

響きは『チョコレート』っぽいのだが……甘味料を加えていないことを考えると、恐らくは薬として使われている物なのかもしれない。

チョコレートには、血圧低下、動脈硬化防止、老化防止、虫歯予防等《など》の効果があるらしいからね。

話してる内にその味を思い出してしまったらしいカクさんは、苦虫《にがむし》を噛《か》み潰《つぶ》したような酷《ひど》い顔をしている。余程苦かったのだろう。

遠く南の小国か……機会があれば、いつか現地に行って本場の【ココトート】を試してみたい。

「……さて、作業に取り掛かりますか」

私は腕まくりをしながら自分専用の白いエプロンを身に着けた。

本日の見学者はカクさん、スケさん、ノブさんに金糸雀だ。

四人は私の正面に回り込むと、私の手元へと視線を集中し始めた。

その昔。チョコレートが大好きだった和泉《わたし》は、酔っ払いながら『カカオから作るチョコレートの作り方』なるものを検索した時があった。

それによれば……完成までの所要時間は四時間程度。

何でそんなに時間が掛かるのかといえば……いかにカカオを細かく磨り潰せるか。

全《すべ》てはこれに懸かっているのだ。

そしてこれが一番の難点であり、でき上がりの質を左右するポイントなのだそうだ。

すりこぎを使ったり、フードプロセッサーを使ったりと……みんな時間を掛けて粉々にするのだが……完成品は市販の物には遠く及ばない仕上がりらしい。

これを見た和泉は、カカオからチョコレートを作ることを諦《あきら》めた。

今思えば、挑戦してみてもよかった気もするが…………。

正直、休日の貴重な時間を四時間も潰してまで作りたくはない、と思ってしまったのが本音である。

徒歩圏内に大手の有名スーパーやコンビニが乱立していたこともあり、貴重な時間を潰さなくとも、幾らでもおいしいチョコレートが簡単に手に入る環境だったのだから仕方ない。

しかし、私は検索だけでもしてくれた和泉を褒め称《たた》えたいと思う。

お陰でこうしてカカオからチョコレートを作ることができるのだから！

『和泉、最高！　素敵！』

……なんてね。エヘヘッ。

因みに、シャルロッテはチョコレート作りに四時間も掛けたりしません‼

チートさんを駆使して、めんど……難しいところも、さっさと作り上げます！

まずは、フライパンに大量のココの実を入れて、焦がさないようにコロコロと転がしながら焙煎《ばいせん》する。煎《い》ることで表皮が簡単に剥《む》けるのだそうだ。

煎ったココの実を冷ましてから表皮を剥いていく。中からは黒っぽい丸い実がコロッと現れた。

ココの実が大量なので、カクさん達にもこの作業を手伝ってもらうことにする。

「頑張ってー」

金糸雀は近くでこちらを見ている。

くちばしで剥いて手伝ってくれようとしたが、人手はあるのだから金糸雀に無理をさせることはない。

表皮を剥いた大量のココの実を細かく砕いて、《カカオマス》ならぬ《ココマス》という状態にするのだが……。

さあ、ここからがチートさんの腕の見せ処《どころ》である。頑張れチートさん！

右手をココの実の入った器の上に翳《かざ》して、イメージを練り上げる。

この丸いココの実を、限りなく細かくするのだ。

……そうだ！　いっそのこと、ココアパウダーくらいがいいだろう。

そうしてイメージを膨らませたまま『粉砕』と呟くと、フワリとした柔らかい光が器を包み込み……あっという間にココの実がパウダー状へと変化した。

おおー！　流石《さすが》はチートさんである。

パウダー状になったココの実に、キメの細かい砂糖とミルクを少しずつ加えて混ぜ合わせた後は、湯煎《ゆせん》に掛ける。温度は四十五度ぐらいだろうか？

温度を保ちながら混ぜ続けると、少しザラッとしたドロドロの状態になった。

この状態になったら次は、工場でいうところの【コンチング】という、チョコレートを滑らかにする作業に取り掛かるのだが……なんと！　工場では最新のマシンを使用しても約半日ほど練り上げ続けるそうだ。

そうすることでトロトロと滑らかな舌触りになるらしい。

うん。こんなの……手作業は無理！

だって、工場は機械がやってるんだもん！　ということで、またチートさんの出番だ。

さあ、さあ、一気に行くよー！

まずは【コンチング】だ。空気を含ませながら、滑らかトロトロに練っている工場の機械をイメージする。

最後は【テンパリング】だ。

ツヤのあるおいしい状態に仕上げる為《ため》に、五十度の湯煎でチョコを溶かし、二十五度まで温度を下げる。その後にまた三十度の湯煎でチョコレートを溶かす。

このテンパリングを行わないと、チョコレートの表面が白っぽくなったり、綺麗《きれい》に固まらないのだそうだ。

それらの作業をイメージで練り上げて、右手を翳すと……いつもよりも少しだけ光に包まれている時間が長いなーとは感じたものの、光が消えた後にはチョコレート色の艶々《つやつや》で滑らかな液体が、きちんとたっぷりでき上がっていた。

早速、それをスプーンで掬《すく》って……一口っと。

おおっ！　チョコレートだ！

ほろ苦いビターチョコレートの味がする！

本当は『ココトート』と呼ぶべきかもしれないが……これはもう『チョコレート』とそのまま呼ばせて頂くことにする。

このまま、ブランデーを落として飲み干してしまいたい衝動に駆られる。

濃厚なチョコレートの味に気分が上がる。

「シャルロッテ様。できたのですか……？」

私の手元にあるチョコレートの液体をジッと見つめるカクさん達からは、ゴクンと生唾《なまつば》を飲み込む音が聞こえた。金糸雀《カナリア》なんて、器に顔を突っ込んでしまいそうだ。

本来ならば、冷やし固めた完成品状態の物を食べて欲しいのだが……カクさん達は料理人だ。

今のチョコレートの状態も是非味見しておくべきだろう。

「いえ。まだ完成ではありません」

私は三人にスプーンを渡した。

「シャルロッテ、私のは⁉」

騒ぎ出した金糸雀には、『これからもっとおいしいのができるから大人しく待って』とか何とか言って宥《なだ》めておく。

三人は持っているスプーンを恐る恐るチョコレートの液体の中に入れ、また恐る恐る……口の中へと運んでいった。

中でもカクさんの顔が引きつりまくっているのが気になるが……仕方ない。

「……へっ⁉」

スプーンを口に含んだままの状態で、三人はカッと瞳《ひとみ》を見開いた。

「これは……？」

「あれ⁉」

「ちっとも苦くない！」

素直に驚いている三人の姿を見ながら私はほくそ笑んだ。

「トロリと滑らかな舌触りと、濃厚な香りと質のいい甘さ……。私が作ったのとは全く違う！」

ココトートを作ったことがあるカクさんは、呆然《ぼうぜん》とチョコレート液を見つめている。

ふふふっ。チョコレートの魅力はまだこれからだよ！

「これを固めるので、ちょっと待って下さいね！」

私はそう言いながら焼き菓子用の小さな薔薇《ばら》の形の型や、丸くて薄い型、ハートのような形の型、後から加工しやすいような平らな四角い型等へと次々とチョコレート液を流し込んでいった。

冬ならばこのままでもすぐに固まるが……残念ながら今は夏だ。

早く固める為にも、ここでもチートさんを使ってしまおう。パパッと時短！

これでチョコレートの完成だ！

「チョコレートの完成ー！」

「おおー‼」

歓声と共に拍手が湧《わ》き起こる。

丸くて薄い型に入っているチョコレートを外しながらみんなに配っていく。

先程の味見の件もあるし、一番最初は金糸雀に渡そう。

食べやすいように金糸雀の一口大に割り、お皿の上に載せてから渡した。

その後に、カクさん、スケさん、ノブさんの順番で手渡していったのだが………

まだ何も持っていない若い手がある。

その手を目でなぞるようにして顔を上げると……

「僕にも頂戴《ちょうだい》？」

ニコリと微笑《ほほえ》むお兄様がいつの間にか、ちゃっかり交じっていた。

外さないな……。

相変わらずの神出鬼没さには、呆《あき》れを通り越して感心すら覚える。

「……私もいいかい？」

お兄様の後ろには、何故《なぜ》かお父様もいた。

どうして二人が一緒に厨房《ここ》に現れたかは分からないが、私は大きな溜息《ためいき》を吐《つ》いた後に、二人のチョコレートを追加で取り出して渡した。

「……なんと！　固めることで、舌の上で溶けるという食感が得られるというのか……！」

カクさんは呆然と呟《つぶや》く。

「……娘に食べさせてあげたい！」

この反応は娘大好きスケさんだ。

いいよ！　持って行ってあげて‼

「シャルロッテ様……このレシピを教えてもらえませんか？」

ノブさんはジッと上目遣いに私を見ている。

「勿論《もちろん》、いいですよ！」

そんな顔しなくても喜んで教えますって！

アイスクリームやタンサン水作りが最早《もはや》お手の物なノブさんならば、すぐに作れるようになるだろうし、私としてはココの実のままより、板チョコにしておいてもらった方が色々使えて助かる。

ノブさんの願いはイコールで私のメリットに繋《つな》がるのだ。はっはっはー。

「ありがとうございます！」

私の思惑を知らないノブさんは、ホッと安堵《あんど》の溜息を漏らした後に満面の笑みを浮かべた。

「頑張れよ！　期待してるぞ！」

「俺の娘の為に頑張れよ！」

カクさんやスケさんの激励を受け……って、スケさんのは違う。

完全に私寄りな考えだ。仲間～♪

さて、お兄様とお父様の反応はどうだろう？

「これはやっぱりアイスクリームにしないとねー」

今日も今日とてマイペースなお兄様だ。

お兄様はいっそのこと、アイスクリームの教祖として世界に君臨したらいいんじゃないかな？

……ああ、はまり役で逆に怖い。超伝道師になれるよね。

「アイスクリームにするのには、作る工程で液体のチョコレートを混ぜ込んだり、細かく切ったチョコを混ぜてもおいしいと思いますよ～」

……と、私が言えば、お兄様の瞳がギラッと輝いた。

最近アイスクリームの話題になるとお兄様の瞳がギラギラし出すのだ。

分かってます。近いうちにちゃんと作りますって……。

「おいしい……」

お父様は凄《すご》く驚いた顔をした後に何故かそわそわし出した。

……どうした？　お父様にはどんなスイッチが入ったの⁉

「これ、ジュリアにも……母様にも食べさせてあげたいんだが……いいかな？」

はにかむお父様。

……乙女か！　乙女のスイッチをどこから取り出した⁉

私は黙って、薔薇の形をしたチョコレートを数個包んだ。

「シャルロッテ、ありがとう！」

お父様はそれを嬉《うれ》しそうな顔で受け取ると私の額にキスを落として、いそいそと厨房を出て行った。

ええと……私の両親は今も昔も変わらずにラブラブのようです？

あれ……？　そういえば金糸雀は？　静かすぎて怖いんだけど……。

先程まで金糸雀がいた場所に視線を向けると、金糸雀は恍惚《こうこつ》とした表情を浮かべながら宙を仰いでいた。

……どうやら大変お気に召したようです。

見ているだけで、金糸雀の気持ちが伝わってくる。

私は金糸雀の小さな頭を撫《な》でながら、追加のチョコレートをそっとお皿に載せてあげた。

金糸雀には後でドライフルーツ入りのチョコレートも作ってあげようと決めた。

「……お兄様」

「分かってる。リカルドにあげたいんでしょ？」

……どうしてお兄様を呼んだだけなのに、私の言いたいことが分かるのか……。

「そうですけど」

お兄様には何もかもがバレバレでちょっとだけ不満だ。

「明日、リカルドに会えるはずだから直接渡してあげるよ」

お兄様は瞳を細めながら微笑み、私に向かって手を差し出してきた。

「え？　……明日ですか？」

「うん。寮の入寮式があるんだ。だから、これから僕は王都に向かうよ」

「そうですか……」

……そうか。お兄様が学院に入学するまで、もう一ヶ月しかないんだ……。

リカルド様に手作りのチョコを早く渡してもらえるのは凄く嬉しいのだが……寮に入ってしまったらお兄様と今までみたいなこんな他愛《たわい》もないやり取りができなくなるのだ。

不意に私の心に訪れた喪失感は、親から急に手を放された時の子供の心細い気持ちにも似ている気がする。

「大丈夫。僕はまだここにいるよ」

ギュッと唇を噛《か》み締《し》める私の頭をお兄様が優しく撫でながら言った。

「入学までに王都とアヴィ領の往復でバタバタするから、今までみたいに一緒にいる時間は減るだろうけど……あと一ヶ月はずっと一緒だから」

宥めるような優しい声に、私は涙を堪えながら小さく頷《うなず》いた。

「休みには必ず帰ってくるし、シャルロッテも学院に遊びにおいで？」

アメジストブルーの綺麗な瞳が俯《うつむ》きがちな私の顔を覗《のぞ》き込んだ。

「お兄様……！」

私はお兄様にギュッと抱き付いた。

正直に言えば心細くて仕方がない。リカルド様もお兄様も近くにいないこれからが……。

「シャルはまだまだ子供だなぁ」

お兄様はクスクス笑いながら、きちんと抱き締め返してくれた。

温かい腕の中、私は自分の気持ちが落ち着くまで存分にお兄様に甘えた。

＊＊＊

トントン。

「はい。どうぞ」

部屋の主《あるじ》の許可が下りたので扉を開けて中に入ると……机に置かれたたくさんの書類や積み上げられた本の隙間《すきま》からお父様がひょっこりと顔を出した。

「……シャルロッテ！」

ターコイズブルーの綺麗な瞳が私を捉《とら》えた。

蜂蜜《はちみつ》色の柔らかいウェーブの髪をオールバックに纏《まと》めた私のお父様は今日も相変わらず若々しい。

重厚な雰囲気の漂うアヴィ家歴代当主の書斎は、天井の高さまである本棚に今日も隙間なく本が収納されている。アヴィ家の人間は探究心が強い傾向がある為《ため》、本が溜《た》まりやすいのだ。

ここは遠くない未来にお兄様の書斎になる予定でもある。

……記憶が戻った後の私は、この書斎をずっと避けてきた。

この書斎はゲームの中でシャルロッテが、お父様とお母様と最後の別れをした場所であり……二人が最期を迎えた場所でもあるのだ。

この本棚の陰に、アヴィ家の一部の人間しか知らない隠し通路への入口がある。

ダンジョンを攻略していなければ、私はこの場所を訪れようとは決して思わなかっただろう。

……あのスタンピードの惨劇をフラッシュバックさせるこの書斎が……私は未《いま》だに怖いのだ。

「少し……お時間を頂いてもよろしいですか？」

「勿論だよ」

ぎこちない笑みを浮かべながら首を傾《かし》げると、ふわっとした優しい微笑みが返ってきた。

お兄様そっくりな……しかし裏の無い笑顔である。

「そんな所で立っていないで座りなさい」

お父様は私にソファーを勧めながら、自分も机の方からソファーへと移動してきた。

「そんなに青い顔をして……どうした？」

私と向かい合うようにして腰を下ろしたお父様は、心配そうな眼差《まなざ》しで私を見つめている。

「いえ……。大丈夫です」

私は小さく首を横に振った。

……あれはゲームの中の話。

現実は違う。私は未来を変えたんだ……！

フーッと大きく息を吐いて部屋の中を見渡すと、スタンピードの時にはなかった道化の鏡が目に入った。小振りに変化した状態で壁に掛けられているというイレギュラーな光景が私の心を少しだけ軽くしてくれる。

あのまま何もせずに過ごしていたならスタンピードが起こったかもしれないが、それは無事に回避できたはずなのだ。

ダンジョンマスターの金糸雀は外に出したし、弟の道化の鏡もここにいる。

しかし、私の記憶が戻っていなければ、この道化の鏡もスタンピードに加担した魔物の一人になっていたかもしれない。

そう思うと……瞳は自然と鋭くなってしまう。

無言のまま睨《にら》み付けるように道化の鏡を見ていると、道化の鏡がブルブルと震え出した。

「シャルロッテ」

お父様は窘《たしな》めるように私を呼んだ。

……え？　私が悪いの？

まだ黙って見ていただけなのに。……仕方ない。

フイッと視線を外すと、道化の鏡はあからさまにホッと安堵の溜息を吐いた。

「そ、それで？　どうしたんだい？　シャルロッテ」

お兄様にそっくりな顔のお父様は、強張《こわば》ったような笑みを浮かべている。

大人になったお兄様が決してしないであろう表情を見ているのは何だか面白い。

実は……この機会に私の口から色々とカミングアウトしようと思ってこの書斎にやって来たのだ

が……。私とお父様の関係はこのままでもいい気がしてきた。

だが、せめてこの場所だけは、私の中に違う印象を植え付けたい。

スタンピードは決して起こさせないし、隠し通路も使わせない。

……ということで、ミッション①は中止したから、ミッション②を開始しよう！

「そういえば、チョコレートの時はお世話になったそうですね。金糸雀《カナリア》から話を聞きました」

と、私はおもむろに道化の鏡に話し掛けた。

「……え？　ああ、うん。どうってことないけど……うん」

突然、話し掛けられた道化の鏡は、酷《ひど》く狼狽《ろうばい》したような声でそう答えた。

動揺し過ぎだろう‼　……とは敢《あ》えて突っ込まない。

「いえいえ。日頃《ひごろ》からお世話になっている道化の鏡さんとお父様にお礼がしたくてここへ来たのですよ」

そう言いながらニコッと笑うと、二人はポカンと口を開けたまま固まった。

おい。……人の笑顔見て固まるとか失礼だな⁉

くっ……だが、まあいいだろう！

「そこにいらっしゃると話し難《にく》いので、人形《ひとがた》になってこちらへ来て頂けませんか？」

「……あ、はい」

私に促されるまま、すぐに道化の鏡は少年の姿になった。

「【道化の鏡】って……長くて少し言い難いのですが、あなたには二つ名とかはないのですか？」

「……特にはない」

シャルロッテと同い年くらいの少年に変化した道化の鏡は、おどおどしながら答える。

「では、【クラウン】と呼ばせて頂いてもよろしいですか？」

「……いいけど」

【クラウン】には《道化》という意味がある。

「では……クラウン。お父様の横に座って下さい」

ニコリと笑いながら指示をすると、クラウンは素直にお父様の横に座った。指定された場所へ無言で座ったクラウンを横目で見ながら、私《わたし》は異空間収納バッグの中から一つの箱を取り出した。

「……それは？」

そう尋ねて来たのはお父様だ。

「チョコレートです。一緒に食べようかと思いまして」

「ああ！　シャルロッテのお陰で、最近ずっと機嫌の悪かったジュリアが喜んでくれたんだ！」

……また喧嘩《けんか》でもしてたの？

仲良しと思いきや……意外と分からない二人である。

「お父様達のお役に立てたのなら……それは何よりです」

私はチョコレートの入った箱の蓋《ふた》を上げた。

「こ、これは……っ！」

チョコレートを見た瞬間から、二人は嬉しそうに頬を染めた。

「どうぞ？」

箱の中は十六個分に仕切られており、そこには丸や四角に成形されたチョコレートが、ホワイトチョコレートや小さく刻まれたドライフルーツ等で、綺麗《きれい》にデコレーションされた状態で並べられていた。

見た目は文句無しにおいしそうである。

「ありがとう、シャルロッテ！」

「食べていいのか⁉」

二人は迷わずにチョコレートの入っている箱に向かって手を伸ばした。

「はい。どうぞ？」

笑顔を浮かべながら、パクリと一口でチョコレートを口の中に放り込む二人。

ふふふっ。……チョロいな。チョ〇松だ。

見た目に騙《だま》された二人は……

「ぐ……っ！」

「なっ……！」

お父様とクラウンは口元を押さえながら、お父様は顔を真《ま》っ赤《か》に、クラウンは顔を真っ青に染めた。

「あー、毒ではないので大丈夫ですよ？」

私は黒い微笑みを浮かべながら二人を悠然と眺めた。

二人の顔色から予想するに、お父様が『唐辛子』入りで、クラウンが『山葵《わさび》』入りだったのだろう。

この日の為《ため》に、苦労して探したよ！

「さて。次はなんでしょうね？」

口元に人差し指を当てながら私は首を傾《かし》げた。

「いやいやいや！　もう食べられないよ！」

両手を大きく振って否定するお父様。

そんなお父様に向かって、私はわざと瞳《ひとみ》を潤ませながら悲しそうな表情を作った。

「せっかくお父様達の為に頑張って作ったのに……全部食べてくれないのですか？」

そう駄目押しすれば……

「え……？　いや……あー、食べるよ！」

お父様は、いとも簡単に堕《お》ちた。

チョロい！　やっぱりお父様チョロすぎる‼

「ちょっ……！　こんなの食べられなっ……！」

慌てるクラウンには、ニッコリと無言の圧力を掛けた。

「さあ。どんどん召し上がれ？　あ、私もいただきます」

私は丸形のチョコレートを口に入れた。

「うん。おいしい」

差し出された箱を悲痛そうな面持ちで見ていた二人は、私がおいしそうな顔でチョコレートを食べたのを見ると、思い切ったように一粒ずつ口の中に放り込んだ。

「……あれ？」

「あ、おいし……？」

驚いた顔をしながら、チョコレートを味わう二人。

残念ながら当たりだったらしい。

……チッ。私は舌打ちをした。

「おい！　令嬢が舌打ちすんなよ！」

クラウンは魔物のくせに、意外と礼儀にうるさいのだ。

お嬢様に夢を抱いてるタイプか？　もしくはオカン？

「次はどれにしますか？　私は次はコレにします」

私は次に四角形のチョコレートを取った。

「お前は当たりを知ってるんだからズルいだろ！」

……人を指差すんじゃありません。

スッと瞳を細めて微笑《ほほえ》むとクラウンが押し黙った。

私は気を取り直して、二人に向かってチョコレートを掲げて見せた。

「くっ……！　じゃあ、俺もお前と同じ形のヤツにする！」

「私も同じにしよう……」

二人が口に入れたのを見届けてから、私も同じようにチョコレートを食べた。

「うげっ……！」

「ぐっ……！」

「……っ‼」

眉間《みけん》にシワを寄せるクラウンとお父様と同じように、私も眉間にシワを寄せた。

苦っ……‼　一個だけなら二人と同じ物をと思って食べたけど……青汁苦っ！

「あははっ！　マズイ！」

私が笑い出すと、クラウンとお父様は驚いたように顔を見合わせていたが……

「俺達の気持ちが分かったか！」

クラウンは白い八重歯を覗《のぞ》かせながら笑い、お父様もニコニコと楽しそうに笑った。

……こんな風にこの場所で、魔物であるクラウンと一緒に笑う日が来るだなんて思ってもみなかった。

「もうハズレはありませんから、安心して食べて下さいね」

「いや、そう簡単に安心できるか！」

「チッ……」

「だから……お前は……」

「父様は食べてみようかな」

「本気か⁉　止《や》めとけよ！　公爵様」

「お父様！　大好きです！」


この書斎を悲しい記憶のまま残さないようにする為に、お父様とクラウンを巻き込んでしまったけど……このくらいの悪戯は許されるよね？

お父様達にはダンジョン調査中に散々迷惑を掛けられたし、クラウンに至ってはリカルド様に化けるという最大の大罪を犯したのだ。逆にこのくらいの悪戯《いたずら》で済んだことを感謝して欲しい！

＊＊＊

「あら。何か楽しそうなことでもしていたの？」

にこやかな笑顔を浮かべながら、書斎の中に入って来るお母様。

「はい。お父様達にたくさん遊んでもらっていました」

私はニコリと微笑んだ。

瞳を細めるお母様の視線の先には、屍《しかばね》状態のお父様やクラウンが折り重なるように、ソファーでぐったりとしていた。

そして、テーブルの上には空になった箱。

「もしかしてチョコレートを食べていたの？」

「はい。二人と一緒に特別な物を食べてました」

「えー……お母様も食べたかったわ」

残念そうに眉《まゆ》を落とすお母様。

お母様にあんな物を食べさせたら……消される。

想像をしただけで背筋がぞわっとした。

「あ、でも……チョコレートにはカフェイン？　という強い成分が入っているのだったかしら？」

「でも、妊娠している女性や小さな子供でない限りは、食べ過ぎなければ問題ありませんよ」

ポリフェノールには、リラックス効果や動脈硬化予防、冷え性の予防、ダイエット効果もあるのだが……妊娠中の女性がチョコレートに含まれているカフェインを過剰に摂取すると、流産してしまったり、お腹《なか》の子供の発育に影響が出たりする可能性があるそうだ。

「では、お母様は控えた方がよさそうね」

ニコリと微笑むお母様。

え……？

「お母様……それって！」

ソファーから立ち上がった私はお母様の元に駆け寄った。

「ええ。あなたに弟か妹ができるのよ」

お腹に手を当てながら幸せそうに頷《うなず》くお母様。

「お、お母様！　だったら安静にしてなくては駄目じゃないですか！」

私は急いで、自分が座っていた方のソファーにお母様を座らせた。

「病気ではないのだから大丈夫よ」

「駄目です！」

確かに病気ではないが、体調の変化には個人差がある。

子供が生まれるまで何事もない人もいれば、逆に悪阻《つわり》や切迫流産その他諸々《もろもろ》のせいでベッドから起きられない人だっている。和泉《いずみ》のいた世界は医療技術が高い国だったが、それでも救えない小さな命がたくさんあった。ましてやこの世界なら尚更《なおさら》に……。

「いつ頃……生まれるのですか？」

私はお母様の隣に座って、ドキドキしながらお腹に手を当てた。

まだ動かないのかな？

「そうねえー。来年の春頃かしらね？」

お母様が私の頭を優しく撫《な》でる。

「ジュ……ジュリア！」

私達の会話が耳に入ったのか、お父様が急にガバッと飛び起きた。

あ、屍が甦《よみがえ》った。

飛び起きたお父様が、バタバタと慌てながらお母様に近付いて来る。

「今の話は本当かい⁉」

「ええ。主治医の先生に診て頂いたから間違いないわ」

「……！　ありがとう！　ジュリア‼」

おっと……。

夫婦の甘い空気を察した私は、そっと二人の間から退散することにする。

チラッと壁際に視線を移せば、クラウンはいつの間にか鏡の姿に戻っていた。

この部屋から連れて出た方がいいかと一瞬だけ迷ったが……私は一人で部屋から出た。

まあ……、頑張れ！

クラウンにエールを送る。


来年の春……か。

最大の不安はひとまず去ったはずなのに……漠然とした不安が心に広がる。

家族や邸のみんな、そして新しく生まれてくる弟か妹が幸せに過ごすには、私はどんな選択をするべきだろうか……。

私は新たな決意を胸に秘めながら自室へ向かった。

第六章　ダンジョン消滅

アヴィ家の裏山にあったダンジョン攻略から一ヶ月が過ぎた……この日。

私は一人でその場所を訪れていた。勿論《もちろん》だが、金糸雀《カナリア》は留守番である。

うっかりと金糸雀をここに連れて来て……『ダンジョン復活！』なんて洒落《しゃれ》にならないことはしない。

金糸雀からダンジョンの消滅を教えてもらったのは昨夜遅くだった。

『ダンジョンの方に残っていた自分の魔力の気配が完全に消えた』と。

だが、ダンジョンを作った本人にそう言われても、やはり自分の目で確認するまで簡単には信じられない。昨夜の内に確認をしに行きたかったのだが……金糸雀から止められてしまった。

『ダンジョンが消滅したとはいえ、何があるか分からないのだから日が昇ってから行きなさい』と。

むー。正論である。

その為《ため》に、私は朝早くからここへやって来たのだ。

ダンジョンの入口は、調査道具を持って入れるようにある程度の幅に拡張されている。

その入口からいつものように中へ入ると……。

ダンジョン内を照らしていた壁際の松明《たいまつ》のような灯《あか》りは点《つ》いておらず、中は真っ暗闇《くらやみ》だった。

「ライト」

右手を翳《かざ》しながら、中を明るく照らす為の光の魔術を発動させる。

光で照らされた中をじっくりと見渡すと……地下一階層に続いていたはずの階段がなくなっていることに気付いた。因《ちな》みに、私が入って来た入口以外に通路はない。

中は狭い箱形空間の完全行き止まり……密室状態になっていた。

試しに四方の土壁をそれぞれ叩《たた》いてみたが、ドンと鈍い音がするだけで壁の向こう側に空洞があるようには思えなかった。

それでもまだ半信半疑の私は、更に魔術を駆使しながら土壁を掘り進めてみることにした。

暫《しばら》くの間、掘り続けたが…………。

掘っても、掘っても……出て来るのは粘土質の土だけ。どこにも繋《つな》がりはしなかった。

……本当になくなったんだ。

私はここで初めてダンジョンの消滅を実感した。

和泉《いずみ》の記憶を取り戻して以来……スタンピードの発生を阻止する為に、このダンジョンの攻略や消滅を一番の目標に掲げてきた。

その日々は長いようで短く……、また短いようで泣きたくなるほどに長い日々でもあった。

見慣れぬ魔物に遭遇し、お父様達に活を入れながら討伐し……また見慣れぬ魔物に遭遇。何度も駄目な大人の行動を繰り返すお父様達に制裁を加えながら、また見慣れぬ魔物に……って。

前々から薄々気付いていたけど……お父様達がしっかりしてたら、もっと早くに消滅させることができたんじゃないの⁉

まあ、今までの出来事の積み重ねがなければ、魔王の娘である金糸雀の興味を引けたかどうかは分からないので、全《すべ》ては必然だったのかもしれない……が、お父様達のお陰だなんて微塵《みじん》も思わないし、思ったところで絶対に口にはしない。

何の因果か運命か……金糸雀に道化の鏡。

まさか魔物と同じ邸《やしき》で暮らすことになるとは夢にも思わなかった。

その時。

ガヤガヤとした声が遠くから聞こえてきた。その声は徐々に近付き……。

「やっぱりここにいた」

入口の方を振り返るとお兄様が微笑《ほほえ》んでいた。

「おお。本当だ。シャルがいる！」

お兄様の後ろにはクリス様がいた。

この国の王太子であるクリス様は、ゲームの中の自信に満ちたザ・王子様の彼とは違い、素直で優しい憎めない人である。何故《なぜ》か私を『妹』扱いしたがるところを除けば……意外と嫌いではない。

「シャルロッテ様。お久し振りです」

「師匠〜！」

クリス様の両脇には、短く切った髪をオールバックに纏《まと》めて執事のような黒のスーツを着こなすサイラスと、ニッコリ笑顔の暑苦しい騎士団服を着たハワードがいた。

師匠って呼ぶな！

『筋肉ワンコ』の異名を持つハワードはゲームの中の彼とは違って、頭の中まで筋肉に侵されてしまっているのか、とにかくしつこい！　スイッチの入ったハワードと何度本気の追い駆けっこをする羽目になったことか……。単純で明るいところは嫌いじゃないけど……私が一番関わりたくないと思っている攻略対象者がこのハワードである。

クリス様達から一歩下がった所には、お父様とリアの面々の姿もあった。

一気に室内密度が上がり、息苦しさを感じた。この人数でここにいたら、あっという間に酸素がなくなってしまいそうである。

そもそも今のダンジョン跡地内には全員が入りきらないので、既に中を確認し終えていた私は先に地上に戻ることにする。みんなの間をすり抜けるようにして入口に向かっていると、何故かお兄様が一緒に付いて来た。

「……お兄様はみんなと一緒に中を確認しなくていいのですか？」

てっきりお兄様はみんなと中に残るものだと思っていた。

「うん。僕は昨日《きのう》見たから大丈夫」

お兄様は瞳《ひとみ》を細めて笑いながらサラッと言った。

……はい？

金糸雀に聞いた後に一人でここを訪れたということ？

「私も一緒に連れて来て欲しかったのですが……」

「んー、夜遅かったからねー」

「お兄様は来たくせに」

「僕は男だからいいんだよ」

「そんなのズルいです」

プウッと頬を膨らませる私の頭をお兄様が優しく撫でる。

もしかしたら……お兄様も落ち着かなかったのかもしれない。

金糸雀に止められなかったら私も昨日の内に確実に行っていた。

お兄様が一緒だったら行けたのに……って今更だけどさ。不満だ。

「今までよく頑張ったね」

頬を膨らませたまま弾《はじ》かれるようにお兄様を見上げると、アメジストブルーの優しい瞳が私を見下ろしていた。

……共犯者であり、協力者である……私の大好きな優しいお兄様。

お兄様の支えがあったからこそ、今日という日を迎えられたのだと心から思う。

「お兄様のお陰です。ありがとうございます。取り敢えずは安心ですね」

私はお兄様に微笑み返した。

「シャル……？」

お兄様が何か言いたそうに私の名前を呼んだ時……ダンジョンの入口の方からガヤガヤとした声が聞こえてきた。

クリス様やお父様達が戻って来たのだ。

途切れてしまった言葉を促すようにお兄様へ視線を合わせたが、『何でもない』と首を横に振られて終わってしまった。

……何が言いたかったのだろうか？

様子のおかしいお兄様を気にしつつ、クリス様達の方へ視線を向けると『師匠～！』と私に暑苦しく近寄って来るはずのハワードと執事然としたサイラスがいないことに気付く。

「クリス様。ハワード様とサイラス様は……まだ中ですか？」

「そうだ。騎士団に出す報告書作成の為の資料集めと言ってたな。サイラスはその付き添いだそうだ」

「へぇ……」

サイラスには悪いが……今の内に入口を破壊しちゃえば……不慮の事故で…………

「それは犯罪だよ？」

私の耳の後ろからお兄様が囁《ささや》いた。

なっ……!?　何故バレた！

え？　『か・お・に・か・い・て・あ・る』？

……お兄様。何故に私のすぐ側《そば》にいるのにジェスチャーで会話をするのですか？

もー。そんなに分かりやすく顔に出るのかな。

両頬をムニムニと伸ばしているとハワードとサイラスが戻って来た。

「師匠！　お待たせしましたー‼」

ニコニコしながら私に駆け寄るハワード。

……チッ。お兄様に感謝するんだな！

「いえ。お仕事お疲れ様です」

内心では舌打ちをしながら、私は公爵令嬢スマイルを浮かべた。

「……師匠。どうしたのですか？」

「シャルロッテ様」

「シャル……？」

そう。……完璧《かんぺき》な笑顔を浮かべたはずなのに。

ハワードもサイラスもクリス様も……どうしてみんな引いたような顔をしてるの？　ドン引き？

「シャル。笑い方を間違えてる。すっごい悪い顔してるから！」

お兄様だけがお腹《なか》を抱えて大爆笑している。

……マジですか。

公爵令嬢スマイルではなく、悪役令嬢スマイルになったら……そりゃー引かれるよね。

なんせシャルロッテは悪役顔……。

コホン。

「……さて、これからお祝いをしようと思いますが、何かリクエストはありますか？」

私は小さく咳払《せきばら》いをし、改めて表情を作り直してからみんなを見渡した。

「私はルーカスに聞いたチョコレート？　が食べたい！」

子供のようにはしゃぐクリス様。

「僕はアイスクリーム。チョコチップのがいいなー」

「私はスーリーのアイスクリームをお願いします」

お兄様とサイラスは相変わらずのアイスクリームの信者である。

「俺は師匠の作ってくれた物なら何でも食べます！」

はいはい。ハワードは適当……っと。

「お父様達は何がいいですか？」

「ん？　そうだなー……私達は酒とつまみかな？」

「酒!!」

「酒がうれしいッス!!」

「浴びるほどお酒が飲みたいですね」

くーっ！　大人はズルいなー!!

『浴びるほど飲みたい』だなんて……私も早く言いたい！　今すぐ言いたい！

言うだけじゃなくて飲むけどね!?

じゃあ、お父様達はナッツとかの乾き物と……アレにしよう。

私は爽《さわ》やかレモンサワー（ノンアル）風味な、超スーパーハイポーションでも作って飲もうかな。

今日ならそれぐらい許されるよね!?

ふむ……。シャルドネな聖水も捨てがたい。

そうと決まったらさっさと邸に戻ろうじゃないか！

私達はウキウキしながら邸へと戻って行った。

＊＊＊

お祝いの席にて……。

『学院にアイスクリーム革命を起こす』という野望を掲げたお兄様とサイラスの腹黒二人組は、黒い笑みを浮かべながらアイスクリーム談義に花を咲かせていた。

……もっと普通に食べて下さい。

クリス様はといえば、なんとチョコレートに堕ちた。

育ちがいい為《ため》にガツガツと食べたりはせず、一口ずつ味わいながら食べている様子は小動物のようで……少しだけ可愛《かわい》い。

そんな行儀のいいクリス様が唯一、地団駄を踏んで羨《うらや》ましそうにしたのは、ハワードにホットチョコレートを作った時だった。

実は先日、誕生日を迎えたというハワード。

……何度も『祝って』とアピールしてくるので、仕方なくお祝い代わりに、メイ酒をホットチョコレートの中に入れてあげた。

ビターなチョコレートの香りとメイ酒の豊潤な香りが混ざり合い……思わずイッキ飲みしそうになってしまったのを……お兄様に取り上げられた。

一口くらいいいじゃないか！　味見だよ、味見！

メイ酒入りの大人用ホットチョコレートをおいしそうに何杯もお代わりして飲んでるハワードに、チョコレートに堕《お》ちたクリス様が反応しないわけがない。

クリス様は来月が誕生日だそうなので、ホットチョコレートのレシピ等々の関連品をプレゼントしてあげようと思う。

因みに……この件で私のハワードに対する悪感情が増したことは言うまでもないだろう。

お酒がまだ飲めない私の前で、湯水のようにガブガブと飲むなんて！　私に対する嫌味か！

次にお代わりをしたら唐辛子を入れてやろう！　そうしよう‼

……だったら作るなって？

【おいしいは正義】だから仕方ないのだ……。

私が作った物を『おいしいから欲しい』と懇願されたら……拒めない。

心の中はとても複雑なのである……。

そして、お父様達にはキンキンに冷やしたエールを出してみた。和泉的《わたし》に温《ぬる》いビールなんて有り得ない！

フローズンビールになる手前まで冷やしてから出してみました。

グラスに唇が貼り付いたって？　そんなのは自己責任です！

いい大人なのですから、自分でどうにかして下さい。

……ふふっ。わざとじゃないとは言わないけどね！

飲めないのにお酒を用意しないといけない私からの細《ささ》やかな悪戯《いたずら》だ。

ちゃんとおいしい物を用意したのだからこのくらいの可愛い悪戯は許して欲しい。

ダンジョンには行かずに邸で魔道具作りをしていたミラは、嬉《うれ》しいことに私の手伝いをしてくれた。なのでお兄様には内緒で、爽やかレモンサワー（ノンアル）風味な超スーパーハイポーションを一緒にがぶ飲みした！

疲れは吹っ飛ぶし、おいしいしで、私の機嫌は少しだけ回復したね。

ノンアルコールなのに酔ったと言っていたミラが可愛かった。

まだまだミラはお子ちゃまなんだね！

先日、懐妊が分かったばかりのお母様はお祝いの席には不参加だ。

お酒の匂《にお》いやチョコレートの匂いが部屋中に充満しているこの場所に、デリケートな時期のお母様を参加させるわけにはいかない。妊婦さんにも安心な糖分控え目の身体《からだ》にいいドライフルーツを厳選してお母様の部屋に届けておいた。

ロッテ自慢の一品である。相変わらず完璧に仕上げてくれる偉い子だ。

と、まあ……そんなこんなで慌ただしい夜も更《ふ》けて行き………。

お開《オープン》きの時間となった。


因みに、お客様達は全員お泊まりである。

明後日《あさって》に行われる入学式に参加する為に、明日の朝一番にみんなで一緒に王都に向けて出発するそうだ。私は入学式には不参加なので留守番だ。

みんなに簡単な挨拶《あいさつ》を済ませた私は、一足先に金糸雀《カナリア》の待つ自室へと戻った。

「あら。お帰りなさい」

部屋に戻ると、今日はずっとお留守番だった金糸雀が出迎えてくれた。

ふかふかクッションを加工して作った籠《かご》ベッドの上で、ポッコリとお腹《なか》を膨らませながら寛《くつろ》いでいる金糸雀。

……最近、金糸雀のお腹が丸くなって来たのが若干気になる。

「金糸雀……太ったよね？」

「そうねぇー。あなたの作る物がおいしいから仕方ないわ」

金糸雀は特に気にした様子もなくカラカラと笑う。

「……大丈夫なの？」

「え……？　ああ、元に戻った時のことを心配してるのね。こんなのは魔術でどうにかできるから全然大丈夫なのよ」

……な・ん・だ・っ・て⁉

『魔術でどうにかなる』そう言ったよね⁉

あの羨まけしからんボディは、魔術による物だったのか……！

と、いうことは……

「……胸はどうにもならないわよ？」

思わず自分の胸元を凝視してしまった私に、金糸雀はニコリと笑いながら無情な宣告をした。

「え……でも」

「減らすのは簡単なのよ。魔力を消費し続ければいいだけだもの」

金糸雀はサラッと言うけど、魔力を消費し続けるというのは並大抵のことではないだろう。

魔力と一緒に体力や精神力も消費するので、加減を間違えば心ごと身体が壊れる。

「胸なんて魔術に頼らなくても、リカルド様とやらに頼めばいいじゃない」

「ストーップ！」

急にとんでもないことを言い出した金糸雀の口を私は慌てて押さえ付けた。

慌てる私を金糸雀はニヤニヤと笑いながら見ている。

……ま、まさか、からかわれた⁉

だって……リカルド様に……って！　そんなのはアカーン！

確かにシャルロッテはまだ子供だが、過去に彼氏がいた和泉は初心《うぶ》ではないし、金糸雀が言おうとしていることの意味もちゃんと分かってる。

だけど、それとこれとは話が違う……！

……っと、いけない。

これ以上この話題を続けていると、本当にオーバーヒートを起こしてしまいそうだ。

それよりも金糸雀にはきちんと話しておきたいことがあるのだ。

金糸雀の意外にも気さくな性格のお陰で、普通に接してはいるが……本来の金糸雀は魔物を統《す》べる魔王の娘。【叡智《えいち》の悪魔】と【終焉《しゅうえん》の金糸雀】という二つ名の高い知性を持った魔物である。

小鳥の姿でここに住むことになった日に、私は彼女から色々な話を聞いた。

金糸雀には弟である道化《クラウン》の鏡の他に、母親違いの兄姉《きょうだい》が五人いるそうだ。

厳密に言えば金糸雀達は魔物ではなく、高い知性を持つ魔族と呼ばれる存在なのだ。

この広い世界に散々《ちりぢり》になり、魔物達を統制しながら生活しているのだという。

母親違いの兄姉とは幼い頃《ころ》から交流が殆《ほと》どなく、どこにいるかも分からない（興味がない）らしい。

金糸雀曰《いわ》く『父親が一緒なだけの他人』という認識だそうだ。

父親である魔王も子供達には干渉しない完全な放任主義。

人間でいうところの親子の交流らしきものは殆どなかったそうだ。

『魔族なんてそんなものよ』と、金糸雀は笑っていた。

【籠の鳥】という魔封じの腕輪をはめる時に、怒った魔王が攻めて来たりしないかを尋ねた私に、『大丈夫よ。それは絶対に保証する』と断言した金糸雀の真意がこの時にやっと分かった。

しかしそんな父親でも、金糸雀からすれば血の繋《つな》がった親であることには変わりない。

「金糸雀……」

「なあに？　そんな深刻そうな顔して」

首を傾《かし》げる金糸雀から一旦《いったん》視線を逸《そ》らして深呼吸を数度繰り返した私は、握り締めた手の平を何度も開いたり握り締めたりした。

そうして、緊張からうっすらと汗ばんでいる手の平を誤魔化《ごまか》してから……私は覚悟を決めて口を開いた。

「私ね……魔王に会いに行ってみようと思うの」

心臓が口から飛び出そうなくらいにバクバクと大きく脈打ち、冷や汗が背中を伝った。

私は金糸雀を黙ってジッと見つめながら彼女の反応を待った。

「あら、そう。いいんじゃない？」

なのに……金糸雀はあっさりと言い放った。

「……へ？」

予想外すぎる金糸雀の態度に、呆然《ぼうぜん》としてしまったのは私の方だった。

どうしてこんなに金糸雀はケロッとしているのだろうか。私の覚悟とは……。

「あの……金糸雀？　……今なんて？」

「『いいんじゃない？』って言ったわよ。そんなに不思議なことかしら？」

もしかしたら聞き間違えたのかもしれないと思って聞き返してみたのに……金糸雀の態度は変わらなかった。

「ええと……場合によっては会うだけじゃなくて、そのまま魔王を攻撃しちゃうかもしれないんだよ？」

思わず詰め寄ると、私の剣幕に押された金糸雀が小さな頭を少しだけ後ろに引きながら首を傾げた。

「それもちゃんと分かってるわよ？　……どうして人間のあなたが魔王の心配をするのよ。魔王とは倒されるものでしょう？　頂点にいる者はその覚悟を常に持っているわ」

「……そんなものなの？」

「ええ。『弱ければ倒される』それだけだわ。これが自然の理《ことわり》だから……」

「そ、そうなんだ……」

あっさりしているというか、冷たいというか……人間と魔族とではこうも感性が違うものなのか。

ここまで平然とされてしまうと、悩んでいた自分が馬鹿みたいに思える。

はぁ……。

私は深い溜息《ためいき》を吐《つ》きながら、ベッドにうつ伏せに倒れ込んだ。

金糸雀は私のベッドの枕元に置かれた、自らの籠《かご》ベッドが大きく揺れる前に羽ばたいて空中に避難をし、揺れが収まってから私の顔の横に着地した。

「あなたは他人のことを自分のことのように考え過ぎじゃないかしら？　もっと楽に生きなさいよ」

金糸雀がツンツンと私の頬をくちばしでつつく。

……確かに、金糸雀の気持ちを勝手に想像して無駄に精神力を使ってしまった気がする。

結果的に、完全な独りよがりの空回り状態である。

しかも、自分でやると決めたことなのに揺らいでどうする……。

『楽に』……か。

私は早くお酒を飲みながらのんびりと楽しく暮らしたい。

その為《ため》にも魔王戦は避けて通れない。

本来ならば、ヒロインである聖女の彼方《かなた》の仕事だが……彼女を待っているだけの余裕が今の私にはない。一刻も早く平穏な日常を手に入れたいのだ。

「……金糸雀。魔王はどこにいるの？」

「魔王城ならクラウンに頼めばいつでもすぐに行けるわよ」

私の顔の横で羽繕いをしていた金糸雀が顔をこちらへ向ける。

クラウンって……まさか。

「あの子は望む場所に繋がれるから」

「それって……鏡の中に入るってこと？」

「そうよ。その方が手っ取り早いもの」

やっぱりか……。

この前、お父様と一緒に『悪戯』という名のロシアンルーレット仕掛けちゃったんだよね……。

報復で真っ暗闇《くらやみ》の異空間に閉じ込められたら、たまったものじゃない。

……うーん。ここは何か賄賂《わいろ》でも考えておこうか。安全の確保は大事です！

「因みに、魔王の好きな物とか嫌いな物とか分かる？　一応、話し合いができればそうしたいと思ってはいるんだけど」

私はベッドに座り直しながら金糸雀を見た。

「ふふっ。話し合いを前提にしているのに、相手の弱みもしっかり握ろうとするシャルロッテのそういうところ、私は好きよ？」

金糸雀は瞳《ひとみ》を細めながら笑った。

……褒められているみたいだけど、ここは喜んじゃいけない気がする。

何となく……魔族になった気分になりそうだ。

「そんなあなただから特別に教えてあげる。魔王の嫌いなモノは【シャルロッテ】よ」

「……私？」

「そう。正確には【赤い星の贈り人】のあなたね」

……やはり、金糸雀には気付かれていたか……。

【叡智の悪魔】恐るべし。金糸雀は侮れない相手である。

……でも、魔王はどうして赤い星の贈り人が嫌いなのだろうか？

素朴な疑問を口にしようとした時……不意に金糸雀のお腹《なか》がクーッと可愛《かわい》く鳴った。

「ええと……金糸雀さん？」

「ああ。ごめんなさい。たくさんお話ししたらお腹が空《す》いてきちゃったわ。それで？」

金糸雀がふふっと恥ずかしそうに笑う。

私は机の上に置いておいた白いポシェット形の異空間収納バッグの中から、お皿とチョコチップクッキーを取り出して金糸雀《カナリア》へと渡した。

「ありがとう！　シャルロッテ大好き！」

おー。金糸雀さんから『大好き』頂きました！

私にお礼を言った金糸雀は一心不乱にクッキーをつつき出した。

そんな金糸雀を頬杖《ほおづえ》をついて見守りながら口を開く。

「魔王はどうして、赤い星の贈り人が嫌いなの？」

食べ物に夢中になっている目の前の黄色い小鳥はかなり愛らしい。

「そうねー。魔王には贈り人には手を出してはいけないという決まりがあるの。面倒だから近寄りたくないと思っているはずよ」

金糸雀が説明してくれた話によると…………


この世界に多大な影響や奇跡をもたらす【赤い星の贈り人】は、聖女と並ぶ稀有《けう》な存在である。

女神の特別な存在である愛《いと》し子に手を出すという行為は……神側を敵に回すのと同じ。

つまりは、神VS魔王の大戦に発展してしまう事案らしい。

神と魔王が戦争って……！

【赤い星の贈り人】ってそんな重要なポストなの⁉

……あれ？

「魔王以外は手を出してもいいの？」

私が指しているのはクラウンのことである。

ヤツには腸《はらわた》が煮えくりかえるほどの挑発的なことをされた。

「あの子は……馬鹿だから。ただあなた達を驚かせて遊びたかったんだと思うわ」

金糸雀は首を横に振りながら苦笑いを浮かべた。

クラウンめ……。今思い出しても怒りが…………。

魔族達が私を深く傷付けたり殺したりするのはアウト。

但《ただ》し、魔物は知能が低い為にその中には含まれない。

もし魔物に私が害された場合は、管理者である魔族が責任を負うことになる。

金糸雀の場合は、私が普通ではないのが初めから分かっていた為、『大丈夫』だと放置してたってところなのだろう……。

まあ……私の万能チートさんのお陰で大丈夫だったけどさ⁉

……話のスケールが大きくなり過ぎて、一番大切なことを聞き流してしまった。

『贈り人には手を出してはいけないという決まりがある』

さて、その決まりはどのようにして魔王に伝えられたのか。

それは魔王が神や女神とコンタクトが取れるということではないのだろうか？

どうにかして神達と接触することができれば、和泉の両親にもコンタクトが取れるかもしれない。

……残してきてしまった家族に伝えたい言葉があるのだ……。

私は両手をギュッと握り締めて前を見据えた。

「金糸雀。明日の朝……お兄様達が王都に出発したら向かおうと思うの」

「分かった。私も行くわよ」

「いいの？　どうなるか分からないよ……？」

「大丈夫よ。魔力が封じられた私にできることなんて限られているけど、あなたに死なれたら私が困るもの。おいしい物が食べられなくなるのは嫌よ」

金糸雀は、腕輪を見せつけるように足を上げた。

「うん。じゃあ、よろしくね」

私は笑いながら、腕輪の付いた金糸雀の足と握《にぎ》り拳《こぶし》を合わせた。

第七章　二人の……魔王？

今朝《けさ》、お兄様やクリス様達の出立を無事に見送った私は、金糸雀を肩に乗せてお父様の書斎に向かっていた。

妊娠初期のお母様は大事を取って入学式には不参加となったが、参加するお父様はお兄様達と一緒に王都へ向かった。

途中でハワードの両親も合流するらしく、結構な大所帯での移動となるようだ。

別れ際に、お兄様が『休みの度に帰って来るから』とゲームで聞いた台詞《セリフ》を言ってくれたが……学院生活が落ち着くまではそれも難しいだろう。次に会えるのは早くても三ヶ月後の……十二月の【生誕祭】頃になるはずだ。

生誕祭とは十二月二十五日に行われる、このユナイツィア王国の建国記念日である。

それは前世でいうクリスマス的なイベントで、王族以外はそんなに畏《かしこ》まったことはせずに各家庭でお祝いをしたり、礼拝に行ったりするくらいの国民的な行事である。

しょんぼりと肩を落とす私の頭を撫《な》でながら『誕生日プレゼントは奮発するから楽しみにしてて』と、お兄様は優しく笑った。

因《ちな》みに……私とお兄様の誕生日は偶然にも同じ日で、しかも生誕祭の日なのである。

その日を待ちわびながら、私に為せることを済ませ、これからの日々を過ごそうと思っていた。

……そう思っていたのに。


書斎の扉を開けると、お兄様がソファーに悠々と座って寛《くつろ》いでいた。

「どうして、王都に向かったはずのお兄様がここにいるのですか‼」

思わず大きな声を上げてしまった私は悪くない。

先程見送ったはずの……本来ならばここには既にいないはずの相手が部屋の中にいたら叫びたくもなる。

「あれはクラウンに頼んだ幻影だからねー」

「……なっ⁉」

げ、幻影⁉　なんだそれは！　そんな能力知らなかったよ⁉

お兄様は微笑《ほほえ》みながら書斎の壁に掛けられているクラウンこと道化の鏡をチラリと見た。

ハッと我に返った私がキッと睨《にら》み付けると、クラウンはビクッと自身を大きく揺らした。

なんてことをしてくれたのだ……これでは私の計画が……。

「知らなかったの？」

私の肩に乗っていた金糸雀が不思議そうな顔をしながら首を傾げる。

……知らなかったの？　って……。

「そういう金糸雀は……知っていたの？」

「知っていたというか、気付いたのよ。出立して行ったルーカスからは、クラウンの気配がしていたもの」

「言ってよー！」

「ええと……ごめんなさいね？」

思わず責めてしまったが……金糸雀は決して悪くない。

仮に金糸雀が私に教えようとしてくれたとしても、確実にお兄様は妨害していたはずだ。

何故《なぜ》か、そう断言できる。

というよりも……お兄様に謀《はかりごと》をされたら私には気付けないのだ。

あーもう……。

軽く痛む頭を押さえた私はふと……大切なことを思い出した。

そして、私はそのまま勢いよくお兄様へと詰め寄った。

「お兄様！　入学式は⁉」

入学式は明日なのだから、こんな所にいる時間も暇もないはずだ。

「まあ、入学式はどうでもいいよ」

お兄様はしれっと言い放つ。

「よくないですよ！　何してるんですか！」

「まあまあ、取り敢《あ》えず座りなよ」

お兄様に促されるようにして隣に座ったのはいいが……頭痛が酷《ひど》くなってきた気がする。

入学の為《ため》に今まで色々と準備してきたはずなのに『どうでもいい』って……。

突然の暴挙ともいえる理解不能なお兄様の行動に、私はただただ困惑するしかない。

そもそも出立の偽装をしてまで、ここに残った理由とは何だろうか？

「僕には、今までシャルに秘密にしてきたことがあるんだ」

「……秘密ですか？」

「うん。『赤い星は【鑑定】で見える』って前に言ったじゃない？　あれ嘘《うそ》だから」

「……はい？」

「んー。正しくは『【鑑定】が使えるからといって誰《だれ》でも見えるようなものじゃない』かな」

「……ミラには見えましたよ？」

「ミラは特別。規格外だからねー。それでも、シャルに言われて初めて気が付いたじゃない？」

……確かにミラは自分では気付けなかった。

私がカミングアウトした際に、瞳を覗《のぞ》き込んでみてやっと分かったのだ。

「それでも相当凄《すご》いんだけどね。よほど魔力が強い鑑定持ちにしか星は見えないから。ましてや一目見て分かるとなったらそれは相当な魔力の持ち主だ」

「え？　でも、それならお兄様は……？」

お兄様は、生まれたばかりの私の瞳の中に赤い星を見つけた人だ。

幼いお兄様に見えていたのだとすると……それは…………

「僕の秘密は……【全知】という能力を持っていること。これは鑑定の最上位の能力で、この能力の持ち主か、その下の【叡智《えいち》】持ちなら赤い星を一目見ただけで分かる」

鑑定にもランクがあるとは……！

【叡智の悪魔】の異名を持つ金糸雀に見えていた理由が分かった。知性が高く、魔力量が多い金糸雀だから見えるのだと勝手に解釈していたが……まさか条件があったとは。

「私のように直接的に星が見えなくても、贈り人のことは魔族なら感覚で分かるものだけどね」

金糸雀は笑いながら頷《うなず》いている。

魔族は贈り人を害することができないのだから、見えないのなら感覚……本能で分からなければ大変なことになる。そもそも贈り人の存在自体が稀有すぎて出会うこと自体少ないのだろうけど。

お兄様が鑑定の最上位の能力を持っていることには、とても驚いているのだが……これを『秘密』と言われてもいまいちピンとこない。へー。そうなんだ？　という感じである。

鑑定持ちはミラしか知らないし、その特異性が私には理解しきれていない。

それよりも、今までそれを隠してたお兄様が、今になって秘密を話してくれた真意の方が気になる。

【全知】だなんてチート感たっぷりの名前なのに、贈り人が見えるだけだとは到底思えない。

だって、我が家の魔王様《おにいさま》だよ？

お兄様の真意を少しでも読み取ろうと、先程から顔色を窺《うかが》ってはいるが……何一つ読み取ることができない。

……そういえば、どうしてお兄様はここにいたのだろうか？

まるで私がこのタイミングで現れるのが分かっていたかのようだった………。

「ねえ？　シャルは父様がいないのに書斎《ここ》に何をしに来たの？」

お兄様が瞳《ひとみ》を細めたまま尋ねてくる。

「……クラウンに会いに来ました」

「へー？　いつの間にそんなに仲良くなったの？」

「え、えーと……チョコレートをあげるくらいには？」

ハズレだらけのロシアンチョコだけどね！

さっきからずっとニコニコと笑っているお兄様だが……瞳の奥が全く笑っていない。

この瞳をしたお兄様は何度となく見てきた。これはマズイと本能が警鐘を鳴らしている。

こんなお兄様に、『魔王城に行く』とは口が裂けても言えない。

それでなくとも……今まで内緒にしていたのだ。お兄様を含めた誰にも気付かれない内にコッソリと実行しようとしていたのがバレたら大変なことになる。

ここは一旦《いったん》逃げて、状況を建て直してから出直した方がよさそうだ。

ソファーから腰を上げようとすると……お兄様が私の手首をガシッと掴《つか》んだ。

「逃がさないよ？」

微笑みながらも私が逃げられないようにと、しっかり指を絡ませて手を握り直すお兄様。

私の中の警鐘がけたたましい音を立てながら鳴り響いている。

……え？　……何？

私の肩に留まっていた金糸雀は、お兄様のただならぬ気配を察知したのか、バサバサと慌てて羽ばたきながらクラウンの方へと逃げて行った。

あ……！　金糸雀の裏切り者ー！

肩にあった温《ぬく》もりが消えたせいか、途端に不安で仕方なくなる。

……よく分からないが、恐らくお兄様は凄く怒っている。

今の私の状況は蛇に睨まれた蛙である。猫にいたぶられてるネズミの気分なのである。

まさか、魔王城に行こうとしていることがバレ……

「僕が凄く怒ってるのは正解。だけど『いたぶる』って……思われているのは心外だな。僕がシャルにそんなことをすると思うー？」

お兄様は笑いながら首を傾《かし》げた。

……今がまさにその通りの状況なのですが……とは口が裂けても言えない。

って……あれ？

「私、さっきの言葉……口に出した？」

思わず口元を押さえると、お兄様は更に笑みを深くした。

……今の声はお兄様の声だ。

それが私の思ったこととピッタリ重なった。

口には出さずに心の中で思っただけなのに……だ。

「うん。シャルは一言も口に出してないよ」

では……どうしてお兄様は私の考えていることが分かるのだろうか？

また、顔に書いてあるとかそういうオチ？

「まあ、シャルの考えていることは顔色だけでも読めるけど、今回は違うよ。僕はシャルの心を読んでいるからね」

「……え？」

心を読んでいる……？

……そういえば。

先程から言葉を発していないのにもかかわらず、会話が成り立っていることに漸《ようや》く気が付いた。

【全知】は人の心を鑑定――つまり他人の心が読める。今みたいにね。しかも、金糸雀《カナリア》とクラウンのようにお互いの意識を共有することができれば、ある程度の距離までなら会話だってできるし、盗み聞くことさえも可能だよ」

その滅茶苦茶《めちゃくちゃ》な能力は何だ……‼

私は瞳を見開いた。

「勿論《もちろん》、デメリットはあるよ？　僕の持つ魔力の容量だってあるし、制御できなければ周りの人の思考が全《すべ》て流れ込んでくるから精神が崩壊しかねない。幼い頃《ころ》は制御できなくて大変だったよ」

お兄様はサラッと言っているが……きっと私には分からないたくさんの辛《つら》いことがあっただろうと、言葉の端々から感じる部分があった。

心が状況に全く追い付いていないが、お兄様もチートだった。それだけは理解した。

【全知】恐るべし……。お兄様が本気出したら、この国は終わるんじゃ……？

…………ちょっと待って。

お兄様が心が読めるということは…………まさか。

「うん。正解」

チラッとお兄様を上目遣いに見ると……我が家の魔王様《おにいさま》が壮絶なほどに美しい笑みを浮かべていた。

「嫌な予感がしたから、普段は使わない能力を使ってみれば……。魔王に会いに行くってどういうこと？」

絡められたままの指にグッと力が入った。

「ええと……あの、お兄様……それは」

「シャルと金糸雀の会話はしっかり聞かせてもらったよ。いくら魔王が赤い星の贈り人を傷付けられないと知っても……行かせられるわけないでしょ？」

「でも！　金糸雀も一緒だから！」

「魔力を封じられた今の金糸雀に何ができるの？　まさか魔王の前で腕輪を外すつもり？　魔王は金糸雀よりも強力な力を持っている。傷も付けず、殺さずに、シャルや金糸雀を操ることなんて簡単だ」

真っ向から投げ付けられる正論が、私をざっくざくと切り付けてくる。

お兄様が心配するのが分かっていたから……だからコッソリ済まそうとしていたんじゃないか。

「それでも私は行きたいのです！　私のワガママなのは充分に分かってます！」

一度芽生えた不安な気持ちは、それを解消するまで止まらない。止められないのだ。

ここを無事に乗り越えられたならば、平穏な日々が迎えられるはずだ！

不安に怯《おび》えることもなく、安心した毎日が送れるかもしれないのだ……。

「……だったら、どうして僕を頼ってくれないのかな」

いつの間にか溢《あふ》れていた涙をお兄様が優しく指で拭《ぬぐ》ってくれたが、その眉間《みけん》にはしっかりと縦のシワが刻まれていた。

「……お兄様？」

「僕が怒っているのはそこだよ。君のことだから……『これから入学するお兄様に迷惑をかけられない！』とか余計なこと考えているんだろうけど、既に学院の卒業資格を有している僕には何の問題もないんだけど？」

入学前から卒業資格がある……？　そんなの有りなの？

涙で滲《にじ》む瞳で見上げると、お兄様は困ったような笑みを浮かべていた。

「僕が学院に通う目的は学業の為《ため》じゃない。将来の人脈作りの為だから。って……あーあ。『泣かすな』って言った僕も泣かせちゃった」

……？

お兄様は首を傾げる私の頭を優しく撫《な》でて誤魔化《ごまか》した。

「だから、僕の心配はいらない。シャルの行く所には僕も行くよ」

「……いいのですか？」

「うん。連れて行かなかったら一、生許さないよ？　僕と君は『みんなが揃《そろ》って幸せになる』為の共犯者なんだから」

『一生』の部分をわざとらしく強調したお兄様は、悪戯《いたずら》っ子のように小さく舌を出して見せた後に、いつものように優しく微笑《ほほえ》みながら、不安気に見上げる私をソファーから立ち上がらせた。

……私はお兄様の手をギュッと握った。

本当は凄く心細かったのだ。

今まで通りに一緒にいられないお兄様には、もう頼ったらいけないいんだと……そう思った。

だから一人で頑張らないといけないと思ってた。

でも……お兄様は何も変わってなんかいなかった。私が勝手にそう思い込んでいただけ。

お兄様は昔も今も私の一番の頼もしい味方だ。


「……話はまとまったのかしら？」

私とお兄様の元に金糸雀が戻って来た。

「うん。ごめんね。お待たせしました」

余計な心配を掛けてしまったらしい金糸雀には心の底から謝罪した。

「気にしなくていいわ。なかなか楽しめたから」

ふふっと金糸雀は笑う。

金糸雀が気にしていないなら良かったけど……。

ふと思い出して、もう一人の傍観者に視線を向けると……クラウンはピシッと固まったまま動かない。

……石化してる？

「ああ、気にしなくていいわよ。どうやら刺激が強過ぎたみたいね」

私の肩に乗った金糸雀は『この子ヘタレだから』と苦笑いを浮かべた。

「それよりも、空間は先に繋《つな》げてもらってあるからいつでも行けるわよ？　どうする？」

……今の状態のクラウンは、ハッキリ言って不安しかない。

あれで大丈夫？　変な所に繋がったりしていない？

「行こう」

お兄様は眉間にシワを寄せている私の手を引きながら、クラウンの前まで連れて来た。

……ええい！　女は度胸だ！

私はお兄様と一緒に手を繋いだまま、勢いよく鏡の中に飛び込んだ。


「…………」

「…………」

いや……あのね？

魔王城に繋げるって……普通は城門前とかそういう所に繋げるんじゃないの？

そこから城の中に『どうやって入ろうか？』とか、『どこに魔王がいるんだろうか？』とか……攻略する為の作戦を練ってから、待ち構える門番の魔物をねじ伏せ、城の中で待ち受ける魔物達を次々に殲滅《せんめつ》させながらーの、ラスボスである魔王の元に辿《たど》り着《つ》いた‼

……って、いうのがお決まりの展開なんじゃないの？

いや、別に是が非でも戦いたいわけじゃないけど……。

どうして魔王のものらしき部屋の中に直接繋がっちゃってるのかな⁉

百歩譲って、せめて部屋の入口じゃないの⁉

急に現れた私達に、部屋の主《あるじ》たる人物がポカーンとしているじゃないか！

思わずジト目になった私に向かって、肩に乗っている金糸雀が肩を竦《すく》めた。

「あの子……馬鹿だから」

馬鹿……っていうレベルで片付けていいのだろうか……。

よし！　帰ったら、絶対にクラウンをしばいてやる‼

大人しく待ってろよ⁉　クラウン‼

……取り敢えず、あの馬鹿《クラウン》はおいといて目の前の状況を打開せねばならない。

ええと……。もしかして目の前のこの人が……【魔王】なの？

困惑気味に金糸雀を見ると、金糸雀は黙って大きく頷《うなず》いた。

魔王の娘である金糸雀がそう言っているのだから、疑う余地はないのだが……。

私がどうして困惑しているのかを結論から言えば、『私の知っている魔王はこの人ではない』からだ。

腰まで長く伸びた少しだけウェーブのかかった漆黒色の艶《つや》やかな髪を一つに纏《まと》めて顔の横で流し、その切れ長の黒曜石のような黒い瞳《ひとみ》に金色の縁取りという配色は、金糸雀と同じであることから、二人が親子であるのが分かる。

この、黒いマントを羽織ったシャープな顔立ちの美青年（？）が魔王とは……。

入口付近に現れた私達と魔王は机を一つ挟んで対峙《たいじ》する形となっている。

うーん。現実逃避したくなってきた。

【ラブリー・ヘヴン】の魔王といえば、つり上がった切れ長の冷たい黒い瞳と厳《いか》つい顔立ち。黒の短髪に髭《ひげ》を生やした……筋肉質な大きな身体《からだ》に角やキバまである《ザ・魔王》といった風格を持つ壮年の男性だったのだ。

……それなのに、この世界の魔王がこんなに若く線が細いだなんて……衝撃以外の何ものでもない。しかも、これで妻子持ちとは……！

「ええと……お邪魔してます？　私はシャルロッテ・アヴィと申します。一緒にいるのは兄のルーカス・アヴィと……金糸雀です」

「……あ、ああ。よ、よく来たな？　私は魔王サイオンだ」

動揺しながらもきちんと頭を下げて正式な挨拶《あいさつ》をする私に、魔王は同じように動揺しながらも椅子から立ち上がって言葉を返してくれた。

……お互いにぎこちないのは仕方がないよね⁉

クラウン絶対にしばく‼

しかし……この世界の魔王は話が通じそうな相手だ。これは純粋に嬉《うれ》しい誤算である。

ゲームの中の魔王は頑固オヤジだったから、話し合いという選択肢は存在しなかった。

これならば最悪の判断をしなくても、どうにかなるかもしれない……！

そう早くも希望を見出《みい》だした私は、魔王ともっと話をしてみようと思った。

なのに……

「……へっ⁉」

ほんの一瞬だけ魔王から視線を外していた間に魔王が号泣しているだなんて……予想外にも程がある！

……何？　何？　どういう展開？

どうしてこんな状況になっているのか意味が分からない！

狼狽《ろうばい》した私は、助けを求めるようにお兄様や金糸雀に視線を向けたが……二人共ポカンと口を開き、驚いた顔をして固まっていた。

ああ……よかった。驚いたのは私だけじゃなかった。

「あ、あんなに……小さかった私の娘が……こんなに大きくなって……帰って来てくれるなんて……！」

目元を片手で覆いながらボロボロと大粒の涙を流す魔王。

手元にある書類がぐしゃぐしゃに破れかけているけど……いいの？　それ（汗）。

ツッコミどころは他にもある。

今の小鳥姿の金糸雀を見て、『大きくなった』って……。

寧《むし》ろ、小さくなってるよね⁉　よく見て⁉

……魔王って『子供達には干渉せず、常に放任主義』じゃなかったの？

金糸雀も親子としての交流はなかったと言ってたよね？

なのに、姿形の変わってしまっている金糸雀のことをきちんと自分の娘だと認識できている。

子供の成長を泣いて喜ぶ目の前の魔王の姿からは想像がつかない。

「あ、あのー……」

「グスッ……すまない。つい……感極まってしまった」

「いえ……大丈夫です。魔王様はお子さん思い……なのですね？」

机の引き出しの中からハンカチを取り出して自らの涙を綺麗《きれい》に拭《ふ》き終えた魔王は、こちらを見て静かに微笑《ほほえ》んだ。泣いたせいでその目元はバッチリと赤い。

「最近、年のせいか涙脆《なみだもろ》くなってしまった……。ああ、お前達を立たせたままだったな。そこに座るといい」

魔王は黒の革張りのソファーに座るように促してきた。

「……失礼します」

私とお兄様は困惑しながらもそれに従うことにした。

こちらに歩いて来た魔王は私達が座るのを見届けてから、その向かい側のソファーに自らも腰を下ろした。

……前情報と全く違うこの魔王をどうやって扱ったものか……。

早くも頭を抱えたくなってしまった。

話が通じそうな相手だと安心しかけたのに、まさか涙脆い魔王だなんて……。

騙《だま》されているのかな……？　そんな風には見えないけど。

うーん……。色々考えていたら甘い物が欲しくなってきた。

そんな私の考えを読んだかのようなタイミングで、魔王が側《そば》にあった呼び鈴を鳴らそうとする。

「茶でも用意させよう」

「あ、いえ！　私が用意します！」

魔王を押し留《とど》めた私は、急いでソファーから立ち上がった。

誰《だれ》に何を頼む気だ⁉　魔物か？　魔物に給仕をさせるのか？

人形《ひとがた》をしているからといっても魔王は人間ではない。

用意された物が得体の知れない物だったら……私達は非常に困るのだ。

そんな危険は先手必勝で回避するに限る！

ここは、本日も愛用の便利な異空間収納バッグの出番である！

中から取り出したのは……ラベルの花弁《はなびら》を乾燥・発酵させて作った紅茶だ。

ティーカップセットやお湯。そして、お菓子も一緒に取り出す。

こんなこともあろうかと、昨日《きのう》の内に色々と用意しておいたのだ！

因みに、本日のお菓子はフォンダンショコラである。中のチョコレートには、香り付けとしてメイ酒をほんの少しだけ入れてある。万能な異空間収納バッグのお陰で出来立ての熱々だ。

ふふふっ。レッツ！　合法お酒のチョコケーキ‼

私は手早く人数分のお茶を注ぎ入れ、フォンダンショコラをお皿に載せた。

私の行動を心なしか楽しそうに見ている魔王の前にも、ティーカップとお皿を置く。

「私が用意しましたが、怪しい物は何も入っていませんので冷めないうちにお召し上がり下さい」

魔王が頷くのを見届けてから、私はお兄様の隣に座り直した。

「……腕輪外そうか？」

「必要ないわ。この姿の方がたくさん食べられるもの」

お兄様の肩に移動していた金糸雀《カナリア》にコッソリと尋ねてみたが、金糸雀は首を横に振った。

元の姿に戻って親子の交流を……と思ったのだが、どうやら余計なお世話だったらしい。

金糸雀は父親よりもフォンダンショコラを選んだのだ。

まあ……金糸雀がいいと言うなら、私には何も言えない。

目の前の合法チョコケーキを楽しむことにしよう。

「いただきます」

軽く手を合わせてからフォンダンショコラにフォークを刺し入れると、中からトロッと流れ出たチョコレートからは、メイ酒の芳醇《ほうじゅん》な香りがした。それを一口分に切り分け、流れ出たチョコレートを絡めて口の中に運んだ。

んー‼　文句なしにおいしい。

足をバタバタと動かしながら悶絶《もんぜつ》したいくらいだ。

マナー違反になるのでやらないが、一人だったら確実にやってたね！

あー、おいしい！　おいしいのだけど……お酒が欲しい。

私的には、これにはスパークリングワインを合わせて楽しみたい。

濃厚なフォンダンショコラと、さっぱりシュワシュワなスパークリングワインとの組み合わせなんて……最高のマリアージュや……！　お口の中がパラダイスや……！

ふふふっ。『さっぱりシュワシュワ』って呪文《じゅもん》みたい。

チョコレートにはブランデーやウイスキーを合わせるのが大人なのかもしれないが、飲めない私には真似《まね》しようがない。だから、好きなお酒を合わせるのだ！

……さて、みんなの反応はどうだろうか？

チラリと周りを窺《うかが》うと……金糸雀はテーブルの上に移り、お皿に載ったフォンダンショコラを一心不乱につついている。くちばしの周りをチョコまみれにしながら食べている姿は、相変わらず愛らしい。

お兄様は『これにもアイスクリームが合うんじゃない⁉　何にでも合うアイスクリームは、やっぱり至高の食べ物だ……』と、うっとり呟《つぶや》きながら食べている。

お兄様のアイスクリーム好きは本日も全く揺るがない。流石《さすが》はアイスクリームの信者である。

そして、魔王はといえば……意外なことに、人間の小娘である私が出した食べ物を警戒もせずに口にしている。隠し味のメイ酒が気に入ったのか、『これがメイ酒の味なのか』と、嬉しそうに次々に口の中に運んでいる。

……あれ？　そういえばメイ酒が入っていること……言ったっけ？

「……お口に合いましたか？」

「ああ。これは酒が欲しくなる味だな。このままでも充分にうまいが……」

おや？　魔王から同志の匂《にお》いがするぞ？

魔王は甘党な酒好きのはずだ！　私の食の好みに似ていそうだ。

同志を見つけて気を良くした私は、バッグの中にコッソリ忍ばせていたある物を取り出した。

「……魔王様。よろしければ……こちらを」

それを氷入りのグラスに注ぎ入れて魔王に差し出す。

「……む？　コレは？」

「……まあ、まあ。ささっ、ぐいっと！」

悪代官を煽《あお》る越後屋の如《ごと》く、魔王にグラスを勧めると……私に煽られた魔王は、ぐいっと素直にグラスを傾けた。

「こ、これは……⁉」

黒曜石のような瞳がグラスを凝視している。

そんな魔王の様子に満足しながら、私はふふっと小さく笑った。

「この不思議な飲み物は何なのだ⁉　さっぱりしているのにパチパチしていて……酒のようなのに幾ら飲んでも酔わないぞ⁉」

魔王は子供のように瞳をキラキラと輝かせながら興奮した声を上げた。

そんな魔王を微笑《ほほえ》ましく見ていた私の真横からは……冷たく突き刺すような視線を感じる。

視線が痛い。……凄《すご》く痛い。

「シャルロッテ？」

甘さと粘り気の籠《こ》もった声音から……お兄様の感情を瞬時に的確に読み取った私は、魔王に飲ませた物の残りが入っている瓶を素直にお兄様に捧《ささ》げた。

「……すみませんでした」

「今度は何を作ったの……」

素直に差し出した私に呆《あき》れた顔を返しながら、お兄様は自ら中身の鑑定を始めた。

「えーと……【《スポーツドリンク》。失われた身体《からだ》の水分が一気に元通り！　滋養強壮。スタミナアップ。スピードアップ。……ドーピングだって？　ノー、ノー、ノー‼　バレなきゃ大丈夫！　ていうか、絶対バレないし（笑）。スポーツっていいよね！　スパークリングワイン（白）風味（ノンアル）】…………」

え、えーと……。

魔王と戦う前に少し体力を付けようと思って、スポーツドリンクなら大丈夫かな！　って思って作っただけなのです‼　そしたら予想外なことに、スパークリングワイン（白）風味のおいしいノンアルができちゃったから……没収されないようにコッソリ隠したんです‼

……なんて、素直には口に出せない。

うーん。魔王相手にドーピングをしてしまった。

お兄様は私の思考を明確に読み取ったらしく……こちらをジロリと睨《にら》んでいる。

「……反省、してないよね？」

「て、テヘペロ？」

「没収」

「お、お兄様……！　そ、それだけは……！」

「あ、コラ！　没収する前に私にも飲ませなさいよ！」

お兄様と私の間に割って入って来る金糸雀。

私と金糸雀の抵抗も虚《むな》しく、お兄様は自分のポケットの中へ……。

「そ、そんなー‼」

部屋の中に私と金糸雀の悲痛な声が響く。

酷《ひど》い！　お兄様の人でなしー！

金糸雀と一緒にジト目を向けてみるが、お兄様は涼しい顔をしている。

「……お前達は仲がいいんだな」

騒がしい私達の行動を静観していた魔王がポツリと呟いた。

私達の視線に気付いた魔王は『羨《うらや》ましいな』と……頬を掻《か》きながら寂しそうに笑った。

そうして魔王は、ポツリ、ポツリと語り始めた。

「私の持つ魔力量は、歴代の魔王の中でも最上位と言っても過言ではないだろう。だが……それ以外は駄目な魔王だ。与えられた役割を必死でこなしている間に、子供達も皆《みな》出て行ってしまったのだから……」

「『皆出て行ってしまった』って……今、城には誰《だれ》もいないのですか？」

「……ああ。城にいるのは側仕えをさせてる私の影だけだ」

私の質問に答えてくれた魔王は寂しそうに笑った。

一瞬だけ……金糸雀の方から刺すような鋭い視線を感じたのだが……振り向いた時には、既にいつも通りの金糸雀がいただけだった。

私の……気のせいだったのかな？

……それにしても、気付いたら誰もいなかったって……。

これは出て行ったことに気付かないような魔王に問題があるのではないだろうか？

それまでにきっと、大なり小なりの前触れがあったはずだ。それに気付かなかったから愛想を尽かされたんじゃ……？

「やっぱりそうなのか……」

そうであれば魔王は駄目夫の典型と言えるだろう。

我が家のお父様も似たようなものだけどね！

「『駄目夫の典型』……」

魔王が突然、ガックリと肩を落としながら項垂《うなだ》れた。

……私、口に出してないよね？

お兄様ならまだしも……魔王にまで顔色読まれるって…………そんなに分かりやすいのかな？

思わず自分の顔をペタペタと触っていると……。

「言ってなかったっけ？　魔王は【全知全能】の持ち主だよ」

お兄様が私の心を読んだかのような絶妙なタイミングで、私の疑問を解消してくれた。

しかし、これは違うのだろう。お兄様は心が読める能力があるのだが……基本的に私の考えていることは全《すべ》て表情から読み取れるそうで、余程の非常事態でない限りその力は使わないそうだ。

つまり、今のは私の顔色を読んでの発言になる。……恐ろしい。

「全知……全能？」

「そう。魔王は僕の持っている【全知】と、その他に【全能】という能力を併せ持っているんだ」

他者の考えていることを鑑定できる【全知】と、光と聖属性以外の属性魔術を操れる能力【全能】。

それが【全知全能】の能力なのだそうだ。

おー。よくある魔王のチート能力だ！

でも、まあ……考えてみればそうだよね。

光と聖属性を持つ聖女《ヒロイン》だってチートなんだから、魔王もチートじゃなければ相手にならない。

お兄様を含めた攻略対象者達だって何気にみんな有能だし。

……この世界チートだらけだな‼　……私が言うなって感じだけど（汗）。

そうか。だから、さっきから私の心を読んだかのような行動や発言が魔王からあったのか。

私は漸《ようや》く理解することができた。

【全知全能】の能力を持っているなら……どうして子供達に逃げられるの？

感情が読める能力を持っているのに気付かなかったとか……全知無能の間違いじゃ？

ふと思った疑問を頭に浮かべた瞬間、魔王がバタリとソファーに倒れ込んだ。

あ、しまった……。

どうやら、能力をコントロールして【全知】を制御しているお兄様とは違い、魔王は私の素朴な疑問をも自然に読み取ってしまうらしい。

お兄様が言うには『器の違い』とのこと。

能力をコントロールできなければ感情の波に飲み込まれておかしくなってしまう人間とは違い、心の容量が大きい魔王は、コントロールをしなくても全てを受け流すことが可能らしい。

……私からのダメージを受けてる時点で全然受け流せてないけどね？

魔王は悪い人ではないと思うのだけど、身内としては微妙なのかもしれない。

きっと、自分にとって痛い所だけ器用に受け流してたのだろう。

「……シャル。そろそろ止《や》めてあげたら？」

口元に手を当てながら笑いを堪《こら》えているお兄様が、私の肩をポンポンと叩《たた》いた。

「あ……っ」

目の前には気絶する時のように、ピクピクと身体を痙攣《けいれん》させている魔王の姿があった。

＊＊＊

「もう、魔王辞めたい……！　本当はもっと……子供達と交流したかった」

急に立ち上がった魔王は、机の方から一冊の分厚い本のような物を持って戻って来た。

それを泣きながらパラパラとめくり始める魔王。

魔王が持って来たのは小さな子供達が描かれた……この世界でいうアルバムだった。

「こんなに愛しているのに……」

涙を拭《ぬぐ》いながら、愛《いと》しそうにアルバムを眺める魔王。

……私達はさっきから何を見せられているのだろうか。

これでは私のお兄様の方が断然、魔王らしいではないか……。

すみません！　普通に怖いので瞳《ひとみ》を細めて微笑《ほほえ》まないで下さい‼

「これは幼い頃《ころ》のア、イ、シャ……だ」

魔王は優しい眼差《まなざ》しを浮かべながらそっと姿絵を撫《な》でる。

……アイシャ？　誰？

金糸雀《カナリア》の方に視線を向けると、金糸雀は驚いた顔で魔王を見ていた。

魔王の手にしている姿絵をよく見れば、《アイシャ》には金糸雀の面影が残っていた。

思いもよらないタイミングで金糸雀の本当の名を知ることとなったのだが……なんでも《愛らしい子》から取って名付けたのだそうだ。

ここから更に魔王の昔話が続いたのだが………。

それがまた長い……長過ぎる！

見た目の若さに騙《だま》されてしまうが、魔王は何百年も生きているお年寄りなのだ。

そんな魔王に昔話をさせたら永遠に終わるはずがないわけで……完全なる親バカの昔話は無限ループに突入した。

話し相手がいなくて寂しかったのかもしれないが、それにしても長い！

……どうして今、私が思っているこの気持ちは伝わらないのだろうか？

これが原因だな。ここが魔王の駄目なところなんだな。

『そして誰もいなくなった』原因を身を以《もっ》て悟った私が半眼《はんがん》で遠くを見始めた頃。

今まで黙っていた金糸雀《カナリア》が口を開いた。

「……お父様。ウザイですわ。そこがみんなに捨てられた原因ではありませんの？」

「あ、アイシャ⁉」

おお……。随分とストレートに言い放ったなー。

言われた魔王が愕然《がくぜん》としている。

大事な娘からの直球は、さぞかしダメージが大きいことだろう。

ショックを受けて真っ青になっている魔王とは対照的に、文句を言い続ける金糸雀の顔は心なしか赤く染まっているように見えた。

もしかしなくても、子供達に関心がないと思っていた父親の愛情（暑苦しい程の）を充分に感じることができて、金糸雀は嬉《うれ》しかったのかもしれない。

「もー！　いつまでもグチグチと……。だったらいっそのこと、魔王なんて辞めたらいいのです」

「アイシャ……？」

「お父様も私のようになればいいのですわ。そうすれば規格外で突拍子もないシャルロッテのお陰で、悩みなんて些細《ささい》なことに感じられますし……何よりもおいしい物が食べ放題ですわよ？」

あのー……金糸雀さん？　今、さり気なく私を貶《おとし》めたよね？

ジト目を金糸雀に向けると、『本当のことよね？』と金糸雀が平然と首を傾《かし》げた。

こら！　そこで、お兄様も頷《うなず》かない！

……って、他のことに気を取られて大切な言葉を聞き逃した気がする。

『魔王なんて辞めたらいい』『私のようになればいい』って言った？

「それは、金糸雀みたいに腕輪で魔力を封じるってこと？」

「何か問題あるかしら？　お父様の悩みは解決するし、魔王の力を封印できるのよ？　あなたの望みはこれで叶《かな》うんじゃないのかしら？」

この提案を受け入れない意味が分からないという風に、金糸雀は首を傾げながら不思議そうな顔でこちらを見ている。

いや――……問題は大有りだと思うのは私だけ？

魔王の魔力を封印したら、この世界にいる魔物達はどうなるのか？

金糸雀の母親違いの兄姉《きょうだい》達はどう出るのか？

……一筋縄ではいかないのではないだろうか？

寧ろ、ここまで順調に私にとって都合よく物事が進んでいるのが何よりも怖い。

「また考え過ぎているわね。どうしてもっと簡単に考えられないの？」

「……おっしゃる通りです。考え過ぎるのは私の悪い癖です。でも……仕方ないじゃない？」

私の判断がこの世界を左右するのだとしたら、簡単には動けない。

最悪の結果が起こらないようにする為《ため》に、私はずっと考え続けなければならないのだ。

「その割りには思い切りがいいし、急に突拍子もないことを始めたり……ここぞという時には何も考えずにそのままに突っ走るよね？」

うっ……。お兄様まで参戦し始めた。

「僕の身にもなって欲しいよ。ハゲたら責任取ってくれるの？」

「その時にはお兄様に没収された秘蔵のアレを進呈します！」

「そういうことじゃない。……あのね、反省してる？　僕はそうならないようにして欲しいって言ってるんだけど？」

お兄様の瞳がスッと細められる。

「……すみません！　善処します！」

私は瞬時にソファーの上で土下座をした。

やっぱり本物の魔王よりも、我が家の魔王様《おにいさま》の方が何百倍も怖い……！

「……それもいいかもしれないな」

今まで黙って俯《うつむ》いていた魔王が顔を上げた。

魔王の顔からは先程までの寂しそうな表情が消え失《う》せ、逆に清々《すがすが》しさが感じられた。

アルバムを抱えて立ち上がった魔王はそれを大切そうにしまうと、今度は四角形の箱を持って戻って来た。

「我が主《あるじ》よ、これを私に着けてくれ」

へっ⁉　我が主⁉　……それって私のこと？

急な展開に頭が追い付かない。

……どうしてそうなった⁉

差し出された四角形の箱を戸惑いながらも促されるようにして開けると、黒いリボンの中心に、キャッツアイのような光の筋が入った赤い宝石が付いているチョーカー風の首輪が収まっていた。

「これは【クリソベリルの首輪】だ」

と、魔王は言った。

魔王の説明によると、金糸雀の【籠《かご》の鳥】と同作の物らしい。

腕輪の時と条件は同じで、『首輪を身に着けた者の死』、『首輪を装着させた者が外す』又は、『首輪を装着させた者が死ぬ』、この三パターンで外すことが可能だ。

……魔王が早くこれを『着けろ』と私に迫ってくる。

「主よ！　さあ！　早く！」

ああ。もう、一々面倒くさいな……。これだから……！

わざとそう心に思い浮かべると、魔王の動きがパッタリと止まった。

はあ……。疲れる。

「首輪を着ける前に、私の質問に答えてくれますか？」

大きな溜息《ためいき》を吐《つ》いてから魔王を見ると、魔王は真面目《まじめ》な顔をして頷いた。

「何でも聞いてくれ。主よ」

「では、まず……魔王の力が封印されると、各地に存在している魔物達はどうなりますか？」

スタンピードを止める為にはこれが一番重要だ。

魔王の力を封印できても魔物達が今まで通りでは正直意味がない。

「魔物達は力の供給源たる主を失う形になるから、徐々に弱体化し……無害な生き物に成り果てる。

いずれ生態系に飲み込まれて消滅するだろう」

この情報は、私にとって朗報である。メリットしかない。

あ、でも魔物が魔物でなくなったら魔石はもう取れなくなるんだよね？

「ああ、いずれは尽きて無くなるから、必要ならば今の内にどうにかするべきだろうな」

ミラ達魔道具開発に携わる人達には死活問題になるが……分かっているなら打つ手はあるはず。

時代の転換期だと思えばいいのだ。

魔石に頼り続けるよりも、魔物に怯《おび》えることのない生活の方が絶対にいいはずだ。

有能なミラ達なら魔石に代わる物を生み出すことができるはずだ。

私もできることは手伝うし！

「では、魔王の妻や子供達である魔族には何か変化が生じますか？」

逸《はや》る気持ちを落ち着かせながら質問を続ける。

「魔族は魔物とは違う。魔族は個体別に魔力を持っているから、私の放つ魔力に依存でもしていない限り弱体化はしないだろう。特に何もない限りは今まで通りに生き続ける」

そうか……。残念ながら魔族の弱体化は見込めないのか……。

「次の魔王に成り代わろうとする者が現れたりは？」

「それは大丈夫だ。『魔王』は世襲制だが……先代魔王からその力が継承されなければ成されない」

ふと、【魔王】に対して頭を過《よ》ぎるものがあったが、逸る気持ちのせいでかき消えてしまった。

実力社会かと思いきや、世襲制とは。

それならば、一刻も早く魔王の力を封印してしまった方がいい。

しかし、金糸雀やクラウン以外の魔族の存在が気になるのも事実だ。

「大丈夫よ」

「……金糸雀？」

そんな私に金糸雀は『大丈夫』と笑顔で断言した。

何をもって大丈夫なのか……。金糸雀はその根拠を今は教えてくれるつもりがないらしい。

ただ、魔王の話の時のように金糸雀なりの根拠があっての断言なのだろう。

更に、にこやかに頷いて同意してくれるお兄様に後押しされた私は……魔王の力を封印する為にその首輪を手に取った。

魔王よりも背の低い子供の私にも着けやすいようにと、身体《からだ》を屈《かが》めてくれた魔王の首に【クリソベリルの首輪】を着け終えると……魔王の身体が真っ白い煙のような物に包み込まれた。

「くっ……」

真っ白い煙の中。金糸雀の時とは違って、苦痛にも似た魔王のうめき声が絶えず聞こえてくる。

……一体どうなっているのか。

私はハラハラした気持ちのままで真っ白な煙が晴れるのを待った。

そうして煙が立ち消えた後には…………毛艶《けづや》のとても綺麗《きれい》な黒猫がいた。

金色の縁取りのされた黒曜石のような綺麗な瞳。これは金糸雀の父である魔王の特徴である瞳だ。

「……魔王？」

私が呼び掛けると、目の前にいる黒猫は瞳を細めて満足そうに鳴いた。

「ニャーオ」

猫可愛《かわい》い……！

って……そうじゃない！

ま、まさか……話せないの⁉

魔王なんだから魔力は高かったはずだよね⁉

金糸雀がはめている腕輪みたいに魔力が高ければ会話ができるんじゃないの⁉

「魔王⁉」

「あーあー、ふむ？　何だね？　主よ」

話せるのかーい！　……焦ったじゃないか。

黒猫の姿になった魔王は、大きな溜息を吐いた私を不思議そうに眺めながら首を傾《かし》げた。

目の前の愛らしい黒猫を抱き寄せて、撫でまわしたい衝動に駆られるのだが……。

中身は魔王であり、金糸雀の父親である。数百年も生きている化石である。

「化石とは……酷《ひど》いぞ。主よ」

ソファーに飛び乗った魔王が苦笑いを浮かべる。

本当のことじゃないか！

黒猫になった魔王の前に、新しいお茶とお菓子を追加した。

まだまだ魔王には聞きたいことが残っているのだ。逃げられたら困る。

因みに、今出したお菓子はチョコレートの盛り合わせです！

ふふっ。それも普通のチョコレートだけではない！

中にはメイ酒の入ったチョコレートボンボンがコッソリと紛れているのだ……‼

これで……『あ！　間違ってお酒の入っているチョコレートを食べちゃったぁ。テヘッ』という計画的な犯行が可能なのである‼

「主よ。チョコレートボンボンとは、どれなのだ？」

「あ、えーと、この丸いのですね！」

私は深く考えずにたくさんあるチョコレートの中に隠していたチョコレートボンボンを指差した。

魔王は猫の前足で器用にチョコレートボンボンを掴《つか》み、口の中にそれを放り込んだ。

「おお！　この中にメイ酒が入っているのか！　主は凄《すご》いな。……うまーい！」

……しまった！　油断した‼

チラッとお兄様を窺えば………

「シャルは、こっそり隠すのが好きだよね」

一ミリも笑っていない瞳《ひとみ》がこちらを見ていた。

お兄様は器用にもチョコレートボンボンだけを探し当て、全《すべ》てを魔王や金糸雀《カナリア》へと配ってしまう。

ああ……‼　私のチョコレートボンボンがぁ……！

猫の姿の魔王は一口で食べられる大きさだが、小鳥姿の金糸雀は一口では食べられない。

チョコレートボンボンに器用に穴を空けて、メイ酒を飲みながら周りのチョコレートの部分を食べている。

「さっきのケーキならギリギリセーフだけど、これは完全にアウト。身体に悪いから年齢制限があるんだからね？　ちゃんと分かってる？」

「……はい。ごめんなさい」

「全く……」

シュンと項垂《うなだ》れる私の口に、小さめなチョコレートをお兄様が差し入れた。

私はそれを無言でモグモグと咀嚼《そしゃく》してからお兄様にギュッと抱き付いた。

「お酒好きな贈り人を妹に持つ兄は大変だよ」

私の頭を優しく撫《な》でながらお兄様は苦笑いを浮かべた。

「幸せだ……」

「賢い選択だったでしょう？　私も幸せですわ」

目の前のソファーでは、口元をチョコまみれにした魔王と金糸雀が隣り合わせに座り、ニコニコ笑い合いながら会話をしている。

可愛《かわい》らしいモフモフの共演に、やさぐれかけた私の心がほっこりと解きほぐされていく……。

……コホン。

さて、そろそろ質問タイムを再開させますか。

「魔王は神と交信はできますか？」

「神……か。半分はイエスだが、半分はノーだ。交信することはできるが……基本的に神からの一方的なものばかりで、こちらから連絡を取ったことは一度しかない」

「そうですか……。定期的な交信とかはないのですか？」

「あくまでも不定期な交信だ」

……当てが外れてしまった。

しかし、不定期とはいえ交信があるのならば、まだ望みはあるかもしれない。

魔王が今の状態になったことがそれにどう作用するかは分からないけれど……。

「では、【魔王】というシステムを消滅させることは可能だと思いますか？」

「ほう……。主は面白いことを思い付くのだな。でもそれはどうかな。前例がないから分からないが……主には無理だと思うぞ」

「どうしてですか？」

チート力なら有り余るほどにあるというのに。

「そもそもこの世界において【魔王】を消滅させられるのは【聖女】と決まっているからだ。主は魔力量がとても多いが聖女ではない。故に不可能だと思う」

「そうですか……」

「可能性がゼロなわけではないから、試してみるのもいいとは思うぞ。力になれなくてすまないな。主よ」

「いえ、充分です。ありがとうございます」

悲しそうな顔をする魔王に向かって横に大きく首を振ってから、笑顔でお礼を言った。

聖女……彼方《ヒロイン》か。

できることならば、彼方《ヒロイン》の召喚を阻止したいと私は考えている。

予期せぬ事件に巻き込まれて命を落とし、この世界に生まれ変わった私とは違い……彼方《ヒロイン》は意図的に召喚される者だ。日常生活から突然切り離されて、無理矢理に十六歳の少女が召喚される。

彼《か》の国には二度と戻れないと残酷な現実を告げられた彼方《ヒロイン》は、この世界に生きて行く理由や希望を見出だす為《ため》に危険な魔物達の討伐の旅に出る。それがゲームの中の聖女たる彼方《ヒロイン》の役割だった。

魔王の魔力が封印できた今、魔物は徐々に弱体化していずれは消えていくのを待つばかり。

だが……これはあくまでも私の寿命が残されている間だけなのだ。応急処置でしかない。

私がどんな形であれ、死んでしまえば魔王は解放される。長命の魔王より人間である私が長生きするはずがない……。

魔王が解放されるということは、一時的にいなくなっていた魔物達がまた蔓延《はびこ》る世の中に戻るということだ。魔力が封じられている内に魔王を殺してしまうのが一番なのは分かっている。今ならまだ次代の魔王は生まれない。

……しかし、甘いと言われてもそれを避けたいと私は思ってしまったのだ。

魔王を殺すのはあくまでも最終手段にしたいのだ。近くにいればいつだって殺すことができるのだから……。本当に私にそれができるのか？　いや、やらなければならないのだ……。

一つの問題が解決すると、次の問題が出てくる……。

先が見えるのと同時に不安が一緒にやってくる……。

余計なことは考えるな！　まずはスタンピードを絶対に防ぐこと。

それが叶《かな》ったら……私は…………。

『シャルロッテは神になりたいの？』

……ふと、自分の声が頭の中に響いた。

えっ……？

気のせいかと思ったが……何故《なぜ》か無視してはいけないと感じた私は、今の正直な自分の気持ちを素直に思い浮かべた。

《私は……私を含めた周りの人みんなが幸せになれる未来を作りたい。大好きなお酒だってたくさん作りたいし、味わいたい。私の望みはそれだけ》

神になんてなりたくない。なろうとも思わない。

『……そう。あなたの意志が変わらないことを祈ります』

聞こえていた私の声が、徐々に大人びた知らない女性の声に変化して行く。

気のせいじゃなかったってことは……まさか……女神⁉

ちょっと待って……！

慌てて女神に問い掛けてみたが……幾ら待っても、呼び掛けに応《こた》えてくれることはなかった。

はあ……。折角のチャンスを逃してしまった。

こんな機会はそうそうないはずなのに……。

しかし、一つ分かったことがある。

今は一方通行だが、神達とコミュニケーションは取れる。

あとはどうやってこちらから回線を繋《つな》ぐか……だ。


「シャル。どうかした？」

急に溜息《ためいき》を吐いて天井を見上げた私に、お兄様が訝《いぶか》し気な視線を向けてきた。

……多分またお兄様にも心配を掛けてしまうだろう。

「えーと……なんと言ったらいいか……」

困ったように笑う私の様子から何事かを悟ったお兄様は、私の頭を撫でながら微笑《ほほえ》んだ。

「……いつの間にかまた問題を抱え込んだみたいだけど、一人で突っ走ったら……許さないからね？」

そう言いながらしっかりと私の頭を固定し、視線を逸《そ》らすことも許さない状態で魔王の笑みを浮かべた。

……やっぱり本物の魔王よりも我が家の魔王様《おにいさま》の方が百倍怖い。

しっかりと釘《くぎ》を刺された私は、真面目《まじめ》な顔で何度も大きく頷《うなず》いた。

「迷惑は掛けていいから。だから……やるなら僕の目の届く所でして」

『甘えろ』と、そうお兄様は言っているのだ。

だったら…………

「もう暫《しばら》くご迷惑をお掛けします！」

「うん。仕方ないなー。シャルのお願いだから聞いてあげる。じゃあ、そろそろ家に帰ろうか」

「はい！」

私はお兄様に抱き付いた。

……って、ここに来る時はクラウンの中を通って来たけど……帰りはどうするのだろうか？

魔王と金糸雀をチラッと見ると、二人は無言で壁際へと視線を向けた。

そこにはいつの間にか……クラウンの姿があった。

……ですよねぇー。

クラウンをしばき……コホン。

クラウンには色々と言いたいことがあるが……ひとまず私はそれを堪えて家路についた。

ここに来る時にはいなかった黒猫を連れて……。

第八章　あれから……

【クリソベリルの首輪】によって魔力を封じ、黒猫になった魔王をアヴィの邸《やしき》に連れて帰ってから、……なんだかんだで半年の月日が過ぎた。

この日。

私は朝早くから、一人でダンジョン跡地に来ていた。

ダンジョンの消滅を確認した翌日に、私が無理を言ってお父様達に入口を壊して塞《ふさ》いでもらったので、中へ入ることはもうできない。

ふっふっふー！　これで中から簡単に魔物が湧《わ》いて来ることもできまい！

なーんてね。まあ、可能性を少しでも潰《つぶ》してしまいたかったのは事実だし、お兄様も私の擁護をしてくれたので比較的簡単に塞いでもらえた。

……でなければ弱みを握って脅すところだったよ。テヘッ。

ダンジョンが存在した証《あかし》として石碑を置いていなければ、ここにダンジョンがあったとは誰《だれ》も思わないだろう。

この半年の間に、ダンジョン跡地の側《そば》には研究兼居住施設が建設された。

ダンジョン研究者には大変残念なことをしたと思うが、そもそもダンジョンは消滅してしまったのだし、消滅するまでに集めていたデータやお父様達がまとめた報告書等《など》を基に研究することは可能だろう。

ダンジョン研究施設の他に、この中には魔道具開発者の為《ため》の施設もある。

ミラは施設の完成と共に既にここに移り住んでいる。

朝から晩まで魔道具開発三昧《ざんまい》のミラ。健康の為に無理矢理外に連れ出すようにはしているが……ゲーム中のミラを学院に入れたギルドマスターの気持ちが分かるようになってしまった……。

私が魔王の力を封印したことで、魔石はいずれ無くなってしまう。ミラ達が今ある魔石を基に有意義な研究をしようとする気持ちも分からないでもない。だから、程々に見逃してあげている。

ミラ達の研究が今後のこの世界を作り上げる基盤となるのだ。

『ありがとう。ミラ達の尊い犠牲は忘れない』

『はいはい。悪ふざけ！』

ミラにファイルで頭を叩《たた》かれた。

……ごめんなさい。

私にできることは限られているが、ミラの元に通いながら一緒に今後の生活の為の基盤作りに協力していたりする。

まあ、これはミラとの数日前のやり取りだが……こんな風にアヴィ家の裏山事情には大きな変化があった。

「よっ……と」

私は近くにあった丁度いい大きさの石の上に腰を下ろして、ボーッとダンジョン跡地を眺めた。

魔王が言っていた通り、魔力の供給者を失った魔物達は徐々に弱体化していき、各地に存在していた魔物達の殆《ほとん》どが、無害な生き物にまで変化したとギルドマスターが調査の結果を報告してくれた。消滅するのも時間の問題だろう。

懸念していた魔王の子供達の動きは今のところ何もない。

魔族側は静観することに決めたのだろうか？　それともタイミングを見計らっている？

このまま何も起こらないことを祈るが、もし出て来るのならば決して容赦はしない。


この半年の間に起こったことは他にもある。

私の周りではちょこちょこと色んなことが起こったのだが……。

まずはお兄様と私の誕生日のこと。

誕生日の前日。二十四日に帰省して来たお兄様だが……何故か傷心気味で落ち込んでいるクリス様をアヴィ家に一緒に連れて帰って来た。

いとこであり、親友でもあるお兄様達だから連れ立って帰って来てもおかしくはないのだが、この世界のクリスマスといえば、某宗教の有名人の誕生日ではなく、ユナイツィア王国の建国記念の日なのだ。

……王太子が王都にいなくても大丈夫なのだろうか？

そう思いながら首を傾《かし》げていると、暗い顔をしているクリス様の代わりにお兄様が事情を説明してくれた。

王都の学院内にはクリス様に恋する令嬢がたくさんいるそうなのだが、その中でも特に熱烈なアプローチをしてくる令嬢がいたそうだ。クリス様のいる所には、必ず現れるというその令嬢の名前は《サーシャ・オルベール》。

オルベール伯爵の一人娘である彼女は、入学式の日にクリス様に一目惚《ひとめぼ》れをし、父親に無理矢理に頼んで婚約者候補の一人に名乗りを上げた人物らしい。

……どこかで聞いた話に似ていると思ったら……ゲームの中の私か！

まあ、クリス様ならばこんなのはよくある話の一つに過ぎないだろう。見目麗しい王太子は、そんな令嬢達には慣れているし、騎士団にも籍を置いているだけあって、揉《も》め事《ごと》も柔軟に対処できる。

素直なワンコ王子のクリス様はとても優秀なのだ。

しかし……相手がストーカー体質のご令嬢となると、簡単には話が終わらなかったらしい。

クリス様のいる所には必ず現れるサーシャ嬢。……それはどこであっても、だ。

学院内ならまだそれも分かるが、隣国の訪問やお忍びの視察、果ては浴場や寝室まで……。

マジか……！　流石《さすが》に悪役令嬢のシャルロッテ（悪シャル）でもそこまではしなかったはずだ。

父親のオルベール伯爵が発言力のある実力者の為、クリス様はサーシャ嬢を無下にできなかったのだろうが……流石にこれは駄目だ。好きなら何をしても許されるわけではないのだ。

結局、やり過ぎてしまったサーシャ嬢は婚約者候補としての資格を永久に取り消され、学院には長期休学届けを出すことになった。そして、クリス様は心の傷を癒《いや》す為に王都から離れたアヴィ家で療養することになった、と。ここなら私がいるから安心なのだそうだ。

……必要なら万能結界張ってあげるけど……その言い方は止《や》めて。私にはリカルド様がいるのだから迷惑だ！

この件で腑《ふ》に落ちないことが一つある。……お兄様なら、もっと早く対処できたんじゃ……？

チラリと上目遣いに窺《うかが》うと、お兄様は笑いながら瞳《ひとみ》を細めた。

ああ……やっぱり。恐らくお兄様は、オルベール伯爵の勢力を削《そ》ぐ為にクリス様を利用したのだ。

……流石である。安定の魔王様《おにいさま》である。未来の宰相候補としては頼もしい限りではあるが、王太子を餌に使うとは……クリス様が不憫《ふびん》すぎる……。

私はメイ酒多めの特製ホットチョコをそっとクリス様に差し出した。

……おお。笑顔になった。よかった、よかった。

それを飲んで永久に記憶の封印をして下さいね？

因《ちな》みに、今年のお兄様からの誕生日プレゼントは、大量の【イルク】だった。和泉《いずみ》の世界でいうところの栗である。ここに来てのまさかの栗の登場に私は小躍りした。

マロングラッセにモンブラン……お酒で香り付けされた大好きな栗スイーツが作れるのだ！

傷まないように下処理をしたイルクは、異空間収納バッグに速攻でしまったよ！

後日、作ったモンブランは魔王のお気に入りとなった。マロングラッセも作ったよ！

他には、魔術の使える料理人のノブさんに、小柄で可愛《かわい》いアヴィ家の侍女の彼女ができたことや、魔王と金糸雀《カナリア》、クラウンの親子仲がかなりよくなったこと等々、色んな細かい出来事がたくさんあったが…………

我が家の最大のニュースといえば、やっぱりこれしかないだろう！

この春、アヴィ家に可愛い男女の双子が生まれましたー‼　わーい！　パチパチパチ。

予定日よりも大分早めに産気付いたお母様。高度医療を知っている和泉からすれば、この世界の超音波《エコー》も何もない出産は不安でしかなかった。……生まれるまで何が起こるか分からないのだから。

お母様は経産婦の為か、陣痛が始まってから半日で一人目を産んだ。これは早い方だと思う。

残るは後産かと思いきや……出て来たのは胎盤ではなくもう一人の赤ん坊で……！

予想外の展開に邸中のみんなが喜びの声を上げた。

お腹《なか》の子供が双子だったのならお産が早まったことも、やけに大きかったお腹も頷ける。

お母様も無事だったし、双子も元気に生まれてくれてよかった……。

……安心し過ぎてお父様の胸で号泣してしまったことは、今となってはちょっと恥ずかしい話だ。

その時のことを思い出してニヤニヤしているお父様には、ロシアンチョコ第二弾をお見舞いしておいた。勿論《もちろん》、クラウンも一緒に。

男の子と女の子の双子は、《キース》と《エリナ》と名付けられた。

二人はふにゃふにゃと小さく頼りない身体《からだ》で子猫のような小さな泣き声を上げていたが、日に日に逞《たくま》しく成長していき……あんなにもしわくちゃだった顔はすっかり愛らしい顔立ちに変わった。

キースの方がお母様似で、エリナはお父様似だ。

純真無垢《むく》な表情を浮かべる双子達に……私はもうメロメロだ。

まだお産から回復しきれていないお母様の負担を減らす為に、乳母《うば》と一緒に育児に参加させてもらっている。……というのは建前で、実のところは可愛い双子達といつも一緒にいたいだけなのである。早く『お姉ちゃま』と呼ばれたい！　その為にお姉様は頑張るよ！

半年間の回想をしながら、ボーッとダンジョン跡地を眺めていた私は、ポケットの中から懐中時計を取り出した。時計の時刻は、間もなく運命の時間を指すところだった。

あと三分。……二分。……一分……………遂《つい》に運命の時間になった。

ゲームの中では、この時間にスタンピードが発生した。

しかし……目の前にあるダンジョン跡地の土の中から魔物が溢《あふ》れ出て来る様子はないし、近くに魔物の気配も感じられない。

時が刻まれる度に、じわりじわりと胸が熱くなっていく。

気付けば……運命の時間から、既に三十分が経過していた。

……スタンピード回避できたよね？

もう安心してもいいよね……？

これでお父様やお母様、邸のみんながスタンピードで死ぬことはない。

……やった！　本当に回避できたんだ……！

私はグッと両手の拳《こぶし》に力を込めた。

魔物によって邸のみんなが一方的に蹂躙《じゅうりん》されることも……お父様とお母様が命を懸けてみんなを守ろうとすることも……シャルロッテが己の無力さを嘆くこともない。

夢で見たあの惨劇は起こらない。

私達はちゃんと防いだのだ！

込み上げる涙で潤んだ瞳から熱い滴が零《こぼ》れ落ちようとした瞬間…………。

「シャルロッテ」

私を優しく呼ぶ声の主を反射的に振り返ると、そこには約半年振りに見る大好きな人の姿があった。

「……リカ……ルド様？」

最後に会った時よりも更に身長が伸び、骨格もしっかりして男らしくなったその人の姿が……。

「久し振りだね」

変わらないリカルド様の優しい眼差《まなざ》し。

……夢じゃないだろうか？

思わず頬を引っ張ろうとすると……

「僕もいるからね？」

リカルド様の後ろからスッとお兄様が出て来た。

……うん。夢じゃなかった。これは紛れもない現実だ！

「お兄様！」

立ち上がった私は二人の元に駆け寄った。

「お兄様もリカルド様も……どうしてここへ？　学院の授業は？」

「だって、今日でしょ？　あの日は」

二人を見上げながら首を傾《かし》げる私に、お兄様もまた微笑《ほほえ》みながら首を傾げた。

……そうか。

お兄様は『無事にスタンピードを乗り越えて……二人でコッソリ祝杯をあげよう？』という私との約束を叶《かな》える為《ため》に帰って来てくれたんだと、私はやっと理解した。

だけど、リカルド様は……？

「シャル。取り敢《あ》えずここから移動しない？」

「え……でも……」

「大丈夫、大丈夫。もし何かあったら連絡が来るようになってるから」

私の手を引いて半ば強引に歩き出すお兄様。

「僕もいるから大丈夫だよ」

私の隣に並んで歩きながらリカルド様が微笑んだ。


お兄様に手を引かれて連れて来られた所は、私のお気に入りの場所であるアヴィ家の庭園だった。

その隅にあるテーブルセットに誘導され、有無を言わさず座らされた。

「はい。座る」

お兄様は私の隣に、リカルド様は正面へとそれぞれ座った。

そういえば私……リカルド様にきちんと挨拶《あいさつ》していない。

挨拶をする為に立ち上がろうとするが、お兄様に手をしっかり握られていて、立ち上がることができなかった。仕方なく私は座ったままリカルド様に向き合った。

「……先程は、きちんと挨拶もできずにすみませんでした。お久し振りですね。リカルド様。お元気そうで安心しました」

『座ったままですみません』と付け加えながら頭を上げると、首を横に振りながらこちらを心配そうに見ているブルーグレーの瞳と視線がぶつかった。

「気にしないで。それよりも……大丈夫？」

……大丈夫？　って何だろう。

お兄様に押さえ付けられてるこの状態のこと？

意味が分からずに首を傾げると、リカルド様は困ったような顔をしてお兄様を見た。

……益々《ますます》、意味が分からない。

「シャルは自分のことには鈍感だからねぇ」

お兄様は私の手を解放すると、代わりに私の両頬をムニムニと引っ張り始めた。

「お……にい……ひゃま……？」

止めてー！　リカルド様が見ているのに！

私の抗議の眼差しを完全に無視し、尚《なお》もムニムニと頬を引っ張るお兄様は楽しそうに笑っている。

「もう……‼」

漸《ようや》く解放された私の頬は、きっと真《ま》っ赤《か》になってしまっているはずだ。引っ張られ過ぎて痛いということではなく、ポカポカと血行がよくなっている状態だから。

「……よかった。やっといつものシャルロッテの顔色に戻った」

「え？」

「さっきまで血の気が引いたような真っ白な顔してたから、僕もルーカスも心配していたんだよ？」

真っ白な顔……リカルド様とお兄様が心配？

チラッと横を見れば、頬杖《ほおづえ》をついたお兄様が瞳を細めてこちらを見ていた。

「どうせ朝早くからあそこにいたんでしょ？　心配なのは分かるけど無理し過ぎだよ。僕達が来なかったら、いつまであそこにいるつもりだったわけ？」

少し不機嫌そうなのは私を心配しているからなのだろう。

スタンピードが起こらないことを喜んだ後も……あの場所を離れるのが怖かったのは事実だ。

考え過ぎなのだろうけど、離れたら魔物達が湧《わ》いて出て来そうで……不安だった。

お兄様達が私を無理矢理あの場所から連れ出さなかったら、『あと、五分』『あと、もう少し……』と、理由を付けていつまでも残り続けたことだろう。

「今までよく頑張ったね」

「……え？」

お兄様の手がポンと私の頭に触れた途端。

まるでスイッチが入ったかのように、ポロリと涙が零れた。

一度零れた涙は止まることなく、次から次にポロポロと大粒の涙が溢れてくる。

どうしよう……涙が止まらない。

まだ泣くのは早いのに……まだ終わってないのに……。

「気にせずに泣いたらいいよ。何度だって泣けばいい」

いつものように私の気持ちを見透かしたお兄様は、ぐいっと私を抱き寄せて自分の胸元に顔を埋《うず》めさせた。

「ル、ルーカス⁉」

「ふふーん。兄の特権だよ」

頭の上からは、慌てたようなリカルド様の声と、勝ち誇ったようなお兄様の声が降ってきた。

……ぷっ。

そんな二人のやり取りを聞きながら、私は小さく吹き出してしまった。

優しい二人に甘えて私は暫《しばら》くの間、泣き続けた……。

＊＊＊

「ありがとうございました」

やっと涙が止まった私は二人に頭を下げた。

二人共、私が泣き止《や》むまでずっと待っていてくれたのだ。

「大丈夫だよ。たくさん泣いたから喉《のど》が渇いたよね？」

リカルド様はそう言うと、着ていたジャケットのポケットから、グラスを三つと瓶詰めにされた水のような物を取り出した。

ええと……四次元ポ〇ット？

……ではなくて、ポケットに異空間収納機能を付けたのだろう。

男性ならではの発想が面白いと思いながら、リカルド様のポケットを凝視していると、

「面白いよね。リカルドが考えたんだよ」

お兄様がそう教えてくれた。

「ルーカス……先に言わないでくれるかな？」

苦笑いを浮かべたリカルド様は、会話をしながらグラスの中に魔術を使って氷を作っていた。

初めて魔術を使った時とは全く違うスムーズな所作からは、リカルド様の努力の跡が窺えた。

そう。リカルド様は誠実な努力の人なのだ。

プシュッと瓶詰めにされた水の蓋《ふた》を開け、中身をグラスに注いでいく。

「はい。どうぞ」

にこやかに差し出されたグラスをありがたく受け取り、早速それを口元で傾けた。

……っ！

一瞬で口の中にシーラの豊潤な林檎《りんご》のような香りと爽《さわ》やかな味が広がった。それをシュワシュワとしたタンサンの爽快感《そうかいかん》がより引き立たせている。

瓶詰めにされた水のような物は、シーラのタンサンジュースだったのだ。

「おいしいです！」

私が作るシーラのジュースよりも瑞々《みずみず》しさを感じた。同じシーラの花弁《はなびら》から作られているというのに、生の搾り立てフルーツジュースのようだ。

これがアーカー領のシーラの味なのか……！　私は素直に感動した。

「よかった」

嬉《うれ》しそうに微笑《ほほえ》むリカルド様につられて私もニッコリ笑った。

アーカー領では、このクオリティの物を瓶詰めにして量産しているのだ。

この約半年の間。リカルド様の噂《うわさ》を耳にしない日はなかった。

同じ品質のシーラのタンサンジュースを作れる技術者を育成すると共に、タンサンのシュワシュワ感を失わないように、仕上がりに《品質保持》の魔術を付与できる者の育成も進めた。

それにより異空間収納バッグを持たない人々にも、シーラのタンサンジュースの味や品質の保証が可能になり、尚且《なおか》つ日持ちもするのだ。

しかも必要なのは特殊な魔術のみで、魔道具を必要としない為《ため》に安価で販売することが可能だ。それもあって、アーカー領のみならず他領地でもかなりの売れ行きらしい。

その他にも、元から販売していたシーラの石鹸《せっけん》を改良して新しい石鹸を作り出した。

私の作った練り香水からヒントを得たリカルド様は、大人の女性向けに香りの持続する香料多めな石鹸を作ったのだ。シーラから抽出する液体を高濃度に圧縮して閉じ込めているらしいが、使っている物が自然の植物なので肌にも優しい。しかも、香水のようにきつい香りがせず、男性うけもいいいと、貴族のご婦人方からも人気らしい。それに合わせて、男性が使用しても違和感がないように香料を抑えた石鹸も作ったそうだ。

これらを使用し、リカルド様は半年以内でアーカー領を新しい経済の場として国内中に知らしめたのだ。

ハーフではあるが、リカルド様は獣人だ。まだまだ獣人差別のあるこの国で、初めは凄《すご》く苦労したそうだが、誰《だれ》も話を聞いてくれない中でも、根気強く、穏やかに、柔軟に、そして真摯《しんし》に対応するリカルド様に徐々に耳を傾ける者達が増え、今やリカルド様は将来有望なアーカー領の後継者として、男性からも女性からも注目されている人物となった。

それをたった半年で成し遂げたのだ。

そして、新たに話題となっているのが、リカルド様の着ているジャケットだろう。

『男性に人気だ』とは耳に入っていたが、それが何かまでは分からなかったのだ。

「男は格好つけたがりだから」

リカルド様は苦笑いをしながらジャケットの説明をしてくれた。

女性や冒険者ならばバッグを持っていたって違和感はない。女性ならファッションになるし、冒険者にバッグは必需品だ。

しかし、男性はどうだろうか？　特に貴族の男性はバッグ等を持たないのがスタイリッシュとされている。財布だって持ち歩かない人がいるくらいなのだ。

御付《おつ》きの人がいるからいいのだと言われたら、それまでだが……男性だって不便さを感じていたのだとリカルド様は言った。

それならば、スタイリッシュさをなくさずに、且つスマートさを演出する為にはどうするか。

当たり前のように付いていて違和感を覚えさせないアイテム……それがポケットだった。

しかし、ポケットをパンパンにすることは見た目的に問題外。

ならばポケットに異空間収納機能を付ければいいのでは……？　と。

それが男性にうけて売れているらしい。

お兄様もいつの間にか手に入れていて、ポケットの中から双子へのお土産だという絵本や玩具《おもちゃ》を取り出して見せてくれた。

リカルド様の用意してくれたジュースを飲みながら私達は和やかに話をしていたのだが……。

「これで……僕はシャルロッテの隣に立つ資格ができたかな？」

それまでにこやかに話していたリカルド様の顔が、ふと真剣な表情に変わった。

「リカルド様……？」

リカルド様は立ち上がり、お兄様のいる方とは反対側の私の隣まで歩いて来た。

そして、座っている私の目線に近付けるように地面に膝《ひざ》をつけ、ポケットの中から花束を取り出した。

「僕と婚約して欲しい。シャルロッテ」

そう言いながら白とピンク色の可愛《かわい》い花束が差し出された。

私は戸惑いのあまり……呆然《ぼうぜん》とリカルド様を見つめることしかできなかった。

『僕と婚約して欲しい。シャルロッテ』

……私の聞き間違いでなければ、リカルド様はそう言ってくれた。

返事をしないといけないのに、上手《うま》く言葉が出てこない。

何故《なぜ》なら私は、まだ自分の秘密をリカルド様に打ち明けていないからだ。

こんな状態で応《こた》えることは……できない。

「リカルド様」

覚悟を決めた私が名前を呼ぶと、リカルド様の瞳《ひとみ》が不安そうに揺れたのに気付いた。

椅子から立ち上がった私は、リカルド様と同じように地面に膝をついて彼の透き通るように綺麗《きれい》なブルーグレーの瞳を真《ま》っ直《す》ぐに見つめた。

「私にはまだリカルド様にお話ししていない秘密があります。……聞いて下さいますか？」

リカルド様が黙って頷《うなず》くのを見届けてから、私はゆっくりと口を開いた。

「私は【赤い星の贈り人】です。ここではない異世界で生まれ……そして、亡くなった別の人間の記憶を持っています」

私の言葉を聞いたリカルド様の瞳は大きく見開かれ、モフモフのお耳と尻尾《しっぽ》がピンと立ち上がった。

……うっ。そんな状況じゃないのに……リカルド様が可愛い。

今すぐになでなでしたい！　……って、違うだろ……私。

コホンと小さく咳払《せきばら》いをしてから気を引き締め直した。

「私は天羽《あもう》和泉という二十七歳の人間の女性でした………」

まずは和泉の生い立ちから亡くなるまでの過程を話してから、生前はこの世界に似たゲームをやっていたこと。そのゲームの内容やリカルド様もその中のキャラクターとして存在していたこと。

その記憶を一年前に思い出した私は、ゲームの中で起こる予定だったスタンピードをこの世界で起こさないようにする為に……みんなが揃《そろ》って幸せになれるように、この一年間奔走してきたこと。

それらを全《すべ》て話した。

「こんな大切なことを隠していた私を……嫌いになりましたか？」

尋ねた後に涙が溢《あふ》れそうになった私は、唇を噛《か》み締《し》めてそれを堪《こら》えた。

「頑張り屋さんの君を嫌いになったりしないよ。今までずっと……頑張ってきたことに……気付けなくてごめんね」

リカルド様は大きく首を横に振った後に、悲しそうに眉《まゆ》を寄せた。

そんなリカルド様に向かって、今度は私が大きく首を横に振った。

「リカルド様は悪くありません！」

気付かれないようにしていたのは……隠していたのは私だ。リカルド様は少しも悪くない。

「……ありがとう」

そう呟《つぶや》いたリカルド様は、優しい笑みを浮かべながら私の頬に手を当てた。

「でも、これでやっと分かった」

「……え？」

「どうして僕なんだろうって、ずっと思ってた。君は王太子のクリス様とだって結婚ができる立場にいるのに、何で……半獣人の僕なんかを選んだんだろうって」

「リカルド様！　それは……！」

「うん。大丈夫。君の気持ちは疑っていないよ。ただ、初めの頃《ころ》は僕を通して別の誰かを見ているような気がしていたんだ。それも今、やっと腑《ふ》に落ちた」

リカルド様は私を落ち着かせるように、温かな手で頬をそっと撫《な》でた。

「初めは多分……憧《あこが》れみたいなものだったよね？　……でも、今はきちんと僕に好意を持ってくれている。……そうだよね？」

その言葉に私は何度も頷いた。

確かに最初は恋心ではなくて憧《あこが》れだったと思う。ゲームの中で大好きだったキャラクターに出逢《であ》えた喜びが何よりも強かった。だって、生リカルド様だよ⁉　和泉として生きていたら決して出逢うことなんかできなかった人だ。

　この世界で生きているリカルド様と会話を重ね、手紙のやり取り等をするようになり……リカルド様の人柄に触れる度に恋心はどんどん膨らんでいった。

　現実《リアル》な恋愛に疲れて非現実《バーチャル》に浸っていた中身アラサーの私が、この世界に生きるリカルド様を本気で好きになったのだ。リカルド様のことを考えるだけで胸が高鳴ったり、嫌われることを想像するだけで胸が痛くて泣きそうになるなんて……恋以外の何物でもない。

「ふふっ。君が僕を選んでくれて嬉しいよ。でもね、憧れでも何でも……僕はもう君を逃がすつもりはないからね？　僕が君以外を選ぶことなんて有り得ないから覚悟していて？」

　リカルド様はニッコリと……お兄様がよくするような妖艶《ようえん》で威圧的な笑みを浮かべた。

「…………なっ！

　驚いた私は咄嗟《とっさ》に身体《からだ》を引かせかけたが、頬にあったリカルド様の手がそれを許さなかった。

「……こんな僕は嫌い？」

　一転、首を傾《かし》げながらシュンと寂しそうに眉を寄せるリカルド様。

　……どちらのリカルド様が本当のリカルド様なのだろうか？

　嫉妬深《しっとぶか》くて少し強引なリカルド様と……優しくて可愛いリカルド様……。

　いや、どちらも私の大好きなリカルド様なのだ！

　ゲーム上では決して知り得なかった本物のリカルド様だ。

　恋愛はもうこりごりだと思っていた私が、もっと知りたいと思った。一緒にいたいと思った。

　私はリカルド様の困った顔も笑った顔も拗《す》ねた顔も……まだ見たことはないけど、怒った顔でさえも大好きだと……愛《いと》おしいと思えるだろう。

「大好きです！」

私はガバッと勢いよくリカルド様に抱き付いた。

「え⁉　わっ……！」

突然、勢いよく抱き付かれたリカルド様は、出逢った頃のように真《ま》っ赤《か》に頬を染めたが、すぐに私の言葉に応えてくれた。

「じゃあ、僕と婚約してくれるね？」

「勿論《もちろん》です！　幸せにします！」

「うん。これから一生よろしくね？」

嬉しそうに破顔しながら私をギュッと抱き締め返してくれたのだった。

……スタンピードは回避され、私の想《おも》いは遂に実った。

まだまだやらなければならないことは残ってる。

だけど…………今はこの幸せを噛み締めてもいいよね？

私とリカルド様は瞳を合わせながら微笑《ほほえ》みあった…………のだが。


「ねえ。僕のこと忘れてなーい？」

魔王様《おにいさま》が私達のいい感じの雰囲気を一瞬でぶち壊した。

「あとさー、さり気なく『一生』とか重い台詞《セリフ》言われたことにちゃんと気付いてる？」

私とリカルド様の間に強引に割って入り、あっという間に私達を引き離したお兄様が私の額を軽くっついた。

「僕は一度も邪魔しないとは言ってないからね？」

リカルド様に向かって、邪悪な微笑みを見せる魔王様《おにいさま》。

「お手柔らかにお願いします。お義兄様《にいさま》？」

魔王様《おにいさま》にも全く怯《ひる》む様子のないリカルド様は平然としている。

ええと……こういうの何ていうんだっけ？

『ハブとマングース』？　それとも『犬猿の仲』？

「……また失礼なこと考えてるでしょ」

お兄様が瞳を細めながらチラッとこちらを見たので、私は諸々《もろもろ》を誤魔化《ごまか》す為《ため》にも……取り敢えず
お兄様に抱き付いた。

「いえ！　私はお兄様が大好きです！」

「……誤魔化したね？」

抱き付かれたお兄様は苦笑いを浮かべながら私の頭を撫でた。

そして、リカルド様に視線を合わせながら首を傾げた。

「羨《うらや》ましいでしょ？」

「少しね。でも、僕はこれから二人の時にたくさん言ってもらうから大丈夫」

……はう⁉　二人の時にたくさん言ってもらうって……私の心臓保《も》つかな……。

私は心臓を両手で押さえた。

「はー？　二人きりになんてさせないけど？」

「いや、なるね！」

ええと……二回戦目開始ですか？

まあ、なんだかんだで二人は仲良しだから放っておこう。

……えっ？　本音？

『怖いから関わりたくない』……です（汗）。

あー、あー、何も聞こえなーい。

耳を塞《ふさ》いで周囲の音を聞こえなくした私は、口元を緩めながら二人の口論が終わるのを幸せな気持ちのままで待った。

＊＊＊

その日の夜更《よふ》け過ぎ。私はお兄様の部屋をこっそりと訪ねた。

トントンと部屋のドアをノックすると、返事より先にドアが開いた。

「いらっしゃい。来ると思ってたよ」

兄妹《きょうだい》とはいえ、淑女が異性の部屋を訪れるには不謹慎な時間なのだが、お兄様は構わずに中に招き入れてくれる。

「……勉強していたのですか？」

机の上には開きっ放しの本とノートが見えた。

「んー？　ああ、課題を少しね。気にしなくても僕には楽勝だから大丈夫だよ」

お兄様はにこやかに言いながら、私をソファーに座らせた。

「キースと、エリナはどうでした？　二人共すごーく可愛《かわい》らしかったでしょう？」

「うん。可愛かった。僕達みたいに兄妹仲良く育って欲しいね」

お兄様の選んだお土産の絵本と玩具《おもちゃ》は無事に双子に届けられた。

玩具で遊ぶのはまだ先だが、絵本はお兄様の代わりにたくさん読んであげようと思う。

赤や青等の原色が綺麗な絵本だから、まだ目がよく見えない双子の瞳にも映りやすいだろうし。

子守唄《うた》代わりになるかもしれないしね。

そんなことを考えている内に、いつの間にかお兄様は私の正面に座り、優しい眼差《まなざ》しで私を見ていた。

「婚約おめでとう。シャル」

「……ありがとうございます」

私は少し照れながら応えた。

「面白くはないけど、リカルドみたいな男は見つからないだろうからね。仕方ない」

お兄様は楽しそうに少しだけ瞳を細めた。

アヴィ家に滞在中のリカルド様から、夕飯時《ディナー》に婚約の申し出をお父様にしてくれたのだ。

我が家のお父様は獣人に嫌悪感を持たない人だし、リカルド様の家柄は申し分ない。

愛妻家でもあるお父様は、娘を大事にしてくれる優しい夫になるであろうリカルド様の申し出を二つ返事で了承してくれた。

リカルド様のお祖父《じい》様達には既に話を通してあるらしく、近々両家で顔合わせをしながら公式に婚約の発表をすることに決まった。

「それもこれも全《すべ》てお兄様のお陰です」

私はお兄様に向かって深く頭を下げた。

お兄様が私の味方じゃなかったら……この結果を無事に迎えることができたかは分からない。

リカルド様にだって出逢えていたかは分からないし、出逢えた頃には、リカルド様に想《おも》い人が
……なんてことも充分に有り得たのだから。

リカルド様と婚約できたことは全てお兄様のお陰なのだ。

「止めてよ。まだお嫁に行くわけじゃないんだから」

お兄様は苦虫《にがむし》を噛み潰《つぶ》したような顔をした。

それに、リカルド様とのことだけではない。

一年前はもっと絶望に近い感情を持っていた。

あの日。無理矢理に近い形で私の秘密を暴いたお兄様。

だけど、そうしてくれたお陰で私はお兄様という心強い協力者を得られた。

お兄様と一緒に数々の問題を解決する度に、徐々に心の負担は軽くなっていった。

もし……あのまま一人で抱え続けていたら……途中で潰れてしまったかもしれない。

……だから、私はきっと永遠にお兄様には頭が上がらないのだ。

ずっと感謝し続けるし、ずっと……一生大好きだ。

「約束のお酒です」

私は異空間収納バッグの中から瓶に入ったお酒を取り出した。

何度も試行錯誤を繰り返しながら作り出した、特別なお酒である。

お兄様と私の秘密のお酒には【ラベル】を使用した。このお酒を作ることに成功したのはほんの数日前だった。そのままシーラやスーリーのお酒も作れたが……それは止めた。

自作のお酒に関わることは全て、お兄様との秘密の約束を果たしてからにしたかったのだ。

それが私なりのけじめだった。

お、お菓子関係のお酒は……別デスヨ？

二人分のグラスを用意し、半分より少し上までお酒を注ぎ入れてから、タンサン水を作る要領でグラスの上に右手を翳《かざ》して、すごーく弱い雷を発生させた。

最後にパチパチと弾《はじ》けるお酒の入ったグラスに氷を数個作り入れたら……完成だ。

初めの構想段階では、タンサン水を作ってお酒に混ぜることを考えていたが、お酒自体に直接タンサン成分を加えた方がおいしくなったのだ。

「どうぞ」

お兄様に手渡した後に、私は自分のグラスを手にした。

「今までよく頑張ったね。スタンピード回避の成功とシャルの婚約に……乾杯」

「乾杯」

お互いに軽くグラスをぶつけ合ってから、グラスを口元で傾けた。

マスカットのようなラベルの瑞々《みずみず》しい甘さと酸味が、シュワシュワとしたタンサンに引き立てられ、口当たりがいいのでジュースのようにサラリと飲めてしまうのだが、喉《のど》を鳴らす度に頭がぼんやりし身体《からだ》が熱くなってくる。

……おいしい！　私はやっぱりお酒が大好きだ。

思わずニコニコと頬が緩んでしまう。この酩酊《めいてい》感がお酒の醍醐味《だいごみ》だ。

……お兄様はどうだろうか？　おいしいと思ってくれている？

ドキドキしながら正面に視線を向けると、お兄様は嬉《うれ》しそうに微笑《ほほえ》んでいた。

「……どうですか？」

「ん？　おいしいよ。初めてお酒を飲んだけど、これなら毎日飲んでもいいね」

なんと、お兄様はこれがお酒デビューだったそうだ。

……この日の為《ため》に飲まないでいてくれたのだろう。

「シャルが飲みたがる理由が分かったよ。これは癖になる」

そう言うとグラスを傾けて、残っていたお酒を全て飲み干した。

「お代わり作りますか？」

「いや、大丈夫。シャルロッテもそれで終わりだからね？」

言葉と瞳《ひとみ》でしっかりと釘《くぎ》を刺された。

……こっそり二杯目に行こうとしたのがバレてしまった。残念だが、次は堂々とお酒が飲める十六歳になってからだ。

「シャルにはもう婚約者ができたんだから、今以上に自分を大切にしないと駄目だよ？　絶対に無理は禁止。どうしても無理をしないといけない時は、僕かリカルドを必ず頼ること。分かった？」

お兄様は笑みを消し、真剣な眼差しを私に向けてくる。

……きっと、お兄様は私が次にやらかすであろうことに気付いているのだ。

だから『無茶をするなら僕かリカルドを巻き込め』と、そう言ったのだ。

私は少量だけ残っていたお酒を一気に飲み干してから、お兄様の瞳を見つめ返した。

「まだ少し後の話です。でも、その時が来たら絶対に相談します。だって、これからもお兄様は共犯者ですからね？」

小さく舌を出して笑うと、

「うん。仕方ないからまだまだ共犯者でいてあげるよ」

私に向かって手を伸ばしてきたお兄様に、人差し指でおでこを軽くつつかれた。


この世界はゲームの中の世界とは違い、私達がそれぞれ意志を持って動いている現実世界だ。

スタンピードを防ぐことは出来たが、まだまだ未解決な問題が残されている。

まずは彼方《ヒロイン》のこと。

彼方が召喚される理由となった魔王と魔物の件は既に解決されたが……このことで彼方の召喚は本当になくなったのだろうか？

もし、それでも召喚されてしまったら……私はどうすればいいだろう？

勿論《もちろん》、彼方と攻略対象者達との関係を邪魔するつもりはないが。

他にも、私にコンタクトを取ってきた女神の件もあるし……前世での家族のこともある……。

ただ、私の気持ちだけは始めから変わっていない。

私は、家族やリカルド様、アヴィ家に仕えてくれているみんなと友人達。大好きなみんな全員の幸せを心から願う……（ハワードは大好きじゃない）。

年齢を気にすることなく念願のお酒を飲めるようになるまで、あと少し。

これからは本格的にお酒作りも解禁だ！　自分好みのお酒をじゃんじゃん作っちゃうもんね！

今日のお兄様との秘密のお酒を糧に……。

私はこれからも、ハッピースローライフとお酒の為《ため》に頑張り続ける！

【ルーカス・アヴィ】

「おい。ルーカス」

「……何？」

眉間《みけん》にシワを寄せながら読みかけの本から顔を上げると、僕の机の前には『筋肉ワンコ』ことハワードが立っていた。

『筋肉ワンコ』とは言い得て妙なもので……長年の付き合いのある僕から見ても、ハワードを表現するにはこれ以上ないくらいに相応《ふさわ》しい言葉であると言えよう。

因《ちな》みに、ハワードを陰で『筋肉ワンコ』呼ばわりしているのは、僕の妹の【シャルロッテ・アヴィ】だ。

ハワードは、『単純で根が真面目《まじめ》な熱血馬鹿』である。

よく言えば『素直で明るい馬鹿』といったところだろうか？

誤解をして欲しくないが、僕はハワードのような裏表の少ない人間は嫌いじゃない。好ましいと思う。

能力を使わずとも考えていることが分かるから。

深読みをしなければならない相手との付き合いほど、疲れるものはない。

妹のシャルもハワードと同じ思考を持つ仲間である。

考えていることが全《すべ》て顔に出る『無鉄砲な可愛《かわい》いお馬鹿さん』だ。

本人はハワードと一緒にされたくないと怒るだろうが、僕から言わせれば大した差はない。

色々一緒に経験し、乗り越えてきただけあって、シャルの中で僕は絶対的な地位を確立しているのだが……ここ最近までシャルには秘密にしていたことがあった。

成り行きで明かすことになってしまったが……本当ならば明かすつもりはなかった。

シャルとギクシャクした関係にはなりたくなかったからだ……。

僕は【全知】という能力を持っている。他にも使用できる魔術は保持しているが、この能力は別格である。この全知は人の心を鑑定できる。……つまり、他人の心が読める能力なのだ。

今は完全に制御ができているので、勝手に他人の思考が流れ込んで来ることはなくなったが……この能力に目覚めたばかりの、幼い頃《ころ》の僕はそうは簡単にいかなかった。

止めどなく流れ込んでくる他人の思考の波に……このまま頭の中がパンクしておかしくなってしまうのではないかと、一人でベッドの中で縮こまりながら鬱々《うつうつ》とした気持ちで日々を過ごしていた。

……シャルが生まれるまでは。

生まれたばかりの赤ん坊だったシャルロッテは、ドロドロとした思考を持つ大人達とは全く違い、『食欲』や『睡眠欲』といった生きる為の本能しか持っていなかった。

……赤ん坊なんて普通はそんなものなのだが、幼く余裕なんか全くなかった僕には知るよしもなく、真っさらなシャルに縋《すが》るように依存した。

常に妹の側《そば》にいて、一日中シャルの素直な心の声だけに耳を傾けるという生活を一ヶ月弱ほど過ごした頃。ふと、他人の思考が勝手に頭の中に流れ込んでいないことに気が付いた。

能力がなくなったわけではなかった、心を読もうと思えばいつでも読めたから。

シャルと一緒に過ごす内に、いつの間にか能力を制御できるようになっていたのだ。

能力が制御できるようになり、周りを見る余裕ができると、今まで気付かなかったが、シャルの大きなアメジスト色の瞳の中に【赤い星】があることに気付いた。

それを素直に両親に告げると、二人は目に見えるほどに動揺した。

ただならぬ大人達の様子に、子供ながら大変なことだと理解した僕は、シャルは自分が守らねばならないと思った。


幼い子供の頃のシャルロッテは、今のように無鉄砲でお転婆だった。

令嬢なのに木には登るし、池には落ちる。無茶苦茶な行動力。

好奇心の塊だったといっても過言ではないだろう。

僕はシャルがしでかす何かを、ハラハラとした気持ちで見守りながらも、心の中では楽しんでいた。

僕にとって妹と過ごす時間が何よりも尊い時間だった。

なのに……クリスの婚約者候補として名前が上がった時から、妹はつまらない人形に成り果てた。

ガッチガチの王太子妃教育はシャルに悪影響しか及ぼさなかった。

父様達にはそのことを伝えてきたのに……全然駄目だった。

『大人しい』と『従順』は違う。

王太子妃になるのには人間らしさを捨てなければならないのか？

僕だったらそんな妃《きさき》は嫌だ。

生きているのに自分の意志を持たない人形のような妹に、僕は一気に興味を失った。

ガチガチの常識に囚《とら》われたシャルロッテはちっとも面白くなかった。

兄として一応可愛がってはいたが……それ以上でもそれ以下でもなかった。

そんなつまらないシャルロッテが、変わったのは一年前だ。

シャルが戻って来た時には、歓喜で胸が震えた。

シャルの中にいる【赤い星の贈り人】は、異世界人の【天羽和泉《あもういずみ》】という女性だった。

和泉は僕よりも年上だというのに、昔のシャルのように突然の思い付きで突拍子もないことをしでかした。貴族の常識や身分、差別に囚われない自由な思考の持ち主で、規格外の能力を全力で使用してみたり、お酒に固執してみたり。シャルロッテの年齢を思い出して大人しくしてみたり……と、今思い出しても可笑《おか》しい。

自由で楽しそうな……だが時折、大人の顔に戻る和泉。

彼女の側に一緒にいて、彼女の持つ独特な世界観を共有したい。

ずっと守ってあげたい……。

そう思っていたが……和泉にはこの世界に想《おも》い人がいた。

先日、シャルと公式に婚約を発表した【リカルド・アーカー】。狼《おおかみ》系ハーフ獣人だが、穏やかで優しい僕の友人だ。家格が近いこともあり昔からそれなりに親交はあったが、初めからそんなに仲が良かったわけではない。

だが、和泉があの日……泣きながら『リカルド様に会いたい』と言ったから……。

彼女の心の不安を少しでも軽くしてあげられるようにと、不本意ではあったがリカルドと仲良くなることにした。

初対面で和泉がプロポーズし出した時は、流石《さすが》に唖然《あぜん》としたけどね。

思わずすごんで待ったをかけてしまったが、後悔はしていない。

この世界の常識に囚われない自由な彼女は、きっと本人は気付いていなかったと思うが、誰《だれ》に対しても警戒心の強かったはずのリカルドをあっという間に堕《お》とし……。

男女問わず周囲の者達を何だかんだなつかせてしまう人たらしの才能の持ち主でもあった。

僕はそれが面白くなくて、兄権限を振りかざし相手を遠ざけることも多々あった。

スタンピード回避の為《ため》にたくさん悩んで、泣きながらも常に前を向き続け、次から次へと湧《わ》いてくる困難に立ち向かおうとする彼女には何度も胸を打たれた。

そんなに頑張らなくてもいいんだよと……何度も口から出そうになった。

頑張る彼女を見ていたら最後までは言えなかったけど……。

僕にとって【シャルロッテ・アヴィ】は、生まれた時から特別な妹で……【和泉】は、シャルの中の欠かせない大切な一部だ。

僕を救ってくれたシャルには誰よりも幸せになって欲しい……。

目の前にいる女性が……妹《シャル》ではなく『和泉だったら』と思ったのは、僕だけの永遠の秘密である。

彼女は僕の大切な妹だから……。

この胸の痛みがなくなるまでは、もう少し時間が掛かるだろう。

目の前でイチャイチャされたら面白くない。

君を心の底から妹と思えるようになるその時までは、存分に義弟《おとうと》をイビリ続けてやろうと思う。

僕から大切な妹を奪っていくのだからそのくらいは我慢してよね？　リカルド。


「ルーカス、聞いてんのか？　おい……副会長⁉」

「……何？」

耳元で怒鳴るハワードに顔をしかめながら問い返す。

考え事をしていたから、ハワードの話を全く聞いていなかったのである。

「師匠がいないと、本当にお前感じ悪いぜ？」

うん。それは否定しない。

だってシャルがいないのに取り繕う必要がどこにある？　しかもお前相手《ハワード》に。

というか、まだハワードは妹のことを『師匠』呼びしてるのか。

シャルロッテに嫌がられるのはそういうところだよ？

「……で、何なの？」

「……口調だって違うし！　師匠と話す時はもっと優しいくせに……！」

「ハワード？」

男友達と可愛《かわい》い妹の扱いを一緒だと思うな。

僕はジロリとハワードを睨《にら》み付けた。

「……悪い。先生がまたやらかしたみたいなんだよ。助けてくれ」

僅《わず》かに身体《からだ》を引かせたハワードがやっと本題に入った。

こういう時は空気を読んでくれるから話が早くて助かる。

自分の態度がそうさせていることを棚に上げながら内心で苦笑いする。

「……またか。生徒会長《クリス》は？」

「違う教師に呼ばれてるから不在だ」

「仕方ないなー」

軽く舌打ちした僕は、読みかけの本に栞《しおり》を挟んで席から立ち上がった。


まだ一年生ではあるが、この春の選挙で最上級生を見事に打ち破り……クリスが生徒会長で、副会長が僕に決まった。その他にハワードが書記で、サイラスが会計である。

学院内で起こる揉《も》めごとの仲裁は生徒会役員の仕事なのである。

しかも、クリスが不在で尚且《なおか》つ問題を起こしたのがあの先生ならば僕が行くしかない。

苛立《いらだ》つ気持ちを抑える為に、僕はそっと栞に触れた。

この栞はシャルが僕の為に作ってくれた物で、ラベルの花を押し花にしてある。

本人曰《いわ》く、精神的に不安定な時に効果があるとかないとか……。

……よし。

「それで、どこ？」

歩き出した僕をホッとした顔のハワードが誘導するように前を歩く。

「こっちだ」

足早なハワードに合わせて僕も大股《おおまた》で歩いた。

＊＊＊

「……理事長。何度言ったら分かるのですか？　生徒の実力を試すのは授業の時だけにして下さいと、いつもお願いしているじゃないですか」

「だって……」

「『だって』じゃないでしょう？」

「試してみたくなったんじゃもん」

「そんな言い方をしても可愛くないですよ？」

僕の目の前には、年齢不詳の老人であるルオイラー学院理事長が、白く長い顎鬚《あごひげ》を片手で撫《な》で付《つ》けながら『カッカッカー』と独特の笑い声を上げている。

ルオイラー理事長は、この学院の創設者であるのだが……現在は息子に学院の全権を預けて、自分はフラフラと学院内を歩き回り、生徒に突然呪術《じゅじゅつ》を仕掛けてみたりと、色んな問題を引き起こしている迷惑な暇老人である。

……そして、この暇老人の本当の姿は……この国の古《いにしえ》から存在している竜、である。

人間が……特に子供が大好きで、こうして人間社会に紛れて生きている珍しい性格の竜だ。

息子は人間の女性との間にできた半竜人である。

はぁー……。

僕は溜息《ためいき》を吐《つ》きながら眉間を押さえた。

子供のような言い訳を並べる、この爺《じじい》の相手をするのはなかなかに骨が折れるのだ。

「そうだ。ルーカス。またあいすくりーむを作ってくれんかの？」

……ほら。全く反省していない。

こちらはこんなに気を遣っているというのに。

「嫌です」

「……ケチ」

……誰《だれ》がケチだ。

「シャルロッテちゃんはあんなに優しくて可愛いのに。お兄様の方はケチじゃのう」

「……は？」

この爺はいつの間に妹と繋《つな》がった？

「この前、お前さんに会いに来てたじゃろう？　その帰り道になんぱしたんじゃ。そしたらおいしいお菓子をくれたんじゃよ。カッカー」

ニコニコと笑いながらまた何度も髭を撫で付ける爺。

シャル……君は……大物ばかりたらすの止《や》めてくれないかな。

確かにシャルの作るお菓子はおいしいから、気持ちは分からないでもない。

だけど、邸《うち》にこれ以上余計な物は要らないからね。

全く……もう。僕の規格外の妹は本当に僕を飽きさせないね。

「僕はケチなので、ルオイラー理事長には今後二度とアイスクリームはあげませんから」

僕はニッコリと微笑《ほほえ》んだ。

「……る、ルーカス！　それは！　その…………わしが悪かったから勘弁してくれい！」

「駄目です。僕はケチですから」

「ルーカスー！」

僕に縋《すが》り付いてくる爺を一瞥《いちべつ》もせずに無視する。

せいぜい後悔するがいい。

「……ルーカスすげえな」

僕達のやり取りを黙って見ていたハワードは苦笑いを浮かべた。

あとがき

本作を手に取っていただき、ありがとうございます！　ゆなかです。

この小説は【第4回カクヨムWeb小説コンテスト】異世界ファンタジー部門にて特別賞をいただいた作品の第二巻目となります。

応援して下さる全《すべ》ての皆様のお陰で、こうして続刊をお届けすることが叶《かな》いました。

皆様には心からの感謝を……。

『お酒のために乙女ゲー設定をぶち壊した結果、悪役令嬢がチート令嬢になりました』は、【カクヨム】様と【小説家になろう】様にて現在も連載中です。

Web版は相変わらず、誤字脱字の雨あられですが……本作はきちんと修正・加筆がされていますので、まだ読んでいない方もどうぞご安心を！　既に読み終えた方は、間違い探しの如《ごと》く見比べてみても面白いかもしれません（!?）。

「まーた、ゆなかが誤字ってるよ……w」と生暖かい目で見守って下されば幸いです（ぐはっ……）。

そんな未熟者の私の話よりも、今回は大事なお話をせねば！

祝『コミカライズ連載開始』‼　わー！　パチパチパチ！

漫画を担当して下さったのは【永緒ウカ様】です。

元気いっぱいで可愛《かわい》く、時にコミカルなシャルロッテ達がとても魅力的で素敵な作品となっておりますので、是非ご覧下さい！

一巻の帯にて告知させて頂いておりましたが、正直、連載が開始になるまでは、『夢』なんじゃないかとずっと本気で思っていました。

未《いま》だに実感が湧《わ》かずに、頬《ほお》をつねり続ける日々です。……夢なら永遠に覚めないでっ‼

このコミカライズは私の夢の一つでしたので、お話を下さった関係各位の皆様には足を向けて眠れません‼　……寝相が悪いのでたまに向けるかもしれませんが、許して下さいね？

本作二巻目も主人公のシャルロッテが相変わらずチートを発揮しまくりで、色んな人を巻き込みながらやらかしてくれています。シャルロッテがよく『どうしてこうなった⁉』と口にしていますが……作者としては、そっくりそのままの言葉をシャルロッテに返したい（笑）。

斜め上の方向に行きすぎて、辻褄《つじつま》合わせが大変……（あっ）。コホン。えーと、精進します……。

新しいキャラクター達も続々と登場しておりますが、肝心の彼方《ヒロイン》はまだ出てきません。

彼方《ヒロイン》の登場を心待ちにしている皆様には大変申し訳ありませんが……次巻を乞《こ》うご期待⁉

ぶっちゃけ今のシャルロッテには彼方《ヒロイン》を構っている余裕なんてないんですよ！（オイ！）

シャルロッテには目の前のスタンピードに集中してもらっていますが……それもこれもシャルロッテの夢を叶える為《ため》です。『大好きなお酒』を楽しむには周りの人達の幸せが前提なのです。今頑張らなくていつ頑張るの⁉　という話なのです。

シャルロッテの夢の為の第一歩が叶ったかどうかは……どうぞ本作でご確認下さい（笑）。

……さて、ここからは少し真面目《まじめ》な話をします。

私は昔からシンガーソングライターの藤田麻衣子さんが大好きです。

藤田さんを好きになったきっかけはとある乙女ゲームでしたが、彼女の透明感のある歌声と等身大の歌詞に共感し幾度となく涙を流しました。

そんな藤田さんは、デビューからずっと『オーケストラとの共演』という夢を公言し続け、見事にその夢を叶えた方でもあります。

『強く願い続ければ……夢は叶う』。藤田さんの信念は、私の書く主人公達の持つ共通点であり、原点でもあります。現実は残酷で……上手《うま》く行かないことの方が多いです。しかし、夢を持つことは自由です！　人間の特権です！　ということで、私の夢を暴露します！

……と、ここで格好よく言えたらいいのですが……私の夢はあまりにも大それた夢なので、叶った暁に……皆様にお伝えしますね？　（よし、フラグは立てた！）

私の作品を読んで下さる皆様方も細《ささ》やかで構いませんので夢を持って下さいね。『美味《おい》しいお酒を飲みたい！』でも可！　夢は全ての原動力……生きる力です。私も強く願い続けます！


ここからは謝辞を……。

一巻目から引き続きイラストを担当して下さった【ひづきみや様】。今回もシャルロッテ達を素敵に描いて下さり、ありがとうございます！　私の中の白黒な世界にまた新たな光と彩りを与えて下さったことに心から感謝致します。

コミカライズを担当して下さった【永緒ウカ様】。お酒大好きなチート娘を元気いっぱいに描いて下さり、ありがとうございます！　シャルロッテのお髭《ひげ》は私のお気に入りのシーンの一つでもあります！　これからも作者に気兼ねなくどんどんイジっちゃって下さいね！

担当のＷ様。一巻から引き続き、大変お世話になっております。相変わらず誤字脱字だらけで……大変申し訳ありません。作者は海よりも深く反省しております。今回も多大なるご迷惑をお掛けしたことを謝罪させて頂きます……。温かく見守って頂き、本当にありがとうございます！

支えてくれる家族へ。いつも大喜利のような質問をしてごめんなさい。そして、ありがとう。多分それは今後も続く予定なので、どうかくれぐれも面白い回答をよろしくね？

職場の皆様。いつも大変お世話になっております。私のサインがいつかプレミアな価格が付くようにこれからも頑張りますので、温かく見守って頂ければ幸いです。未熟な私を支えて下さることに感謝しています。ありがとうございます！


最後になりますが、この本に携わり、ご尽力下さった各担当の皆様。

そして、ここまでお付き合い下さった全ての読者の皆様へお礼申し上げます。

自分ではどうしようもない理不尽なことや辛《つら》いこと……心が暗く沈んでしまうこともあるでしょう。しかし、明けない夜はない。あなたは決して一人じゃない。夢はきっと叶う！

『私は私を含めた周りの全ての人達の幸せを願う（byシャルロッテ）』

皆さんが少しでも笑顔になれるような作品となりますように……。


……では、また皆様にお目にかかれる日を夢見て。

カドカワBOOKS

お酒《さけ》のために乙女《おとめ》ゲー設定《せつてい》をぶち壊《こわ》した結果《けつか》、悪役令嬢《あくやくれいじょう》がチート令嬢《れいじょう》になりました 2

2020年 7 月10日　初版発行

著者／ゆなか

発行者／青柳昌行

発行／株式会社KADOKAWA

〒102-8177
東京都千代田区富士見2-13-3
電話／0570-002-301（ナビダイヤル）

編集／カドカワBOOKS編集部

印刷所／旭印刷

製本所／本間製本

●お問い合わせ
https://www.kadokawa.co.jp/（「お問い合わせ」へお進みください）
※内容によっては、お答えできない場合があります。
※サポートは日本国内のみとさせていただきます。
※Japanese text only

Printed in Japan
ISBN 978-4-04-073700-3 C0093

新文芸宣言

かつて「知」と「美」は特権階級の所有物でした。

15世紀、グーテンベルクが発明した活版印刷技術は、特権階級から「知」と「美」を解放し、ルネサンスや宗教改革を導きました。市民革命や産業革命も、大衆に「知」と「美」が広まらなければ起こりえませんでした。人間は、本を読むことにより、自由と平等を獲得していったのです。

21世紀、インターネット技術により、第二の「知」と「美」の解放が起こりました。一部の選ばれた才能を持つ者だけが文章や絵、映像を発表できる時代は終わり、誰もがネット上で自己表現を出来る時代がやってきました。

UGC（ユーザージェネレイテッドコンテンツ）の波は、今世界を席巻しています。UGCから生まれた小説は、一般大衆からの批評を取り込みながら内容を充実させて行きます。受け手と送り手の情報の交換によって、UGCは量的な評価を獲得し、爆発的にその数を増やしているのです。

こうしたUGCから生まれた小説群を、私たちは「新文芸」と名付けました。

新文芸は、インターネットによる新しい「知」と「美」の形です。

2015年10月10日

井上伸一郎

コミカライズ版
FLOS COMICにて
好評連載中！
お酒のために
乙女ゲー
設定をぶち壊した
結果、
悪役令嬢が
チート令嬢に
なりました

FLOS フロースコミック COMIC
コミックス第①巻、
2020年夏頃発売予定!
漫画 永緒ウカ
原作 ゆなか キャラクター原案 ひづきみや

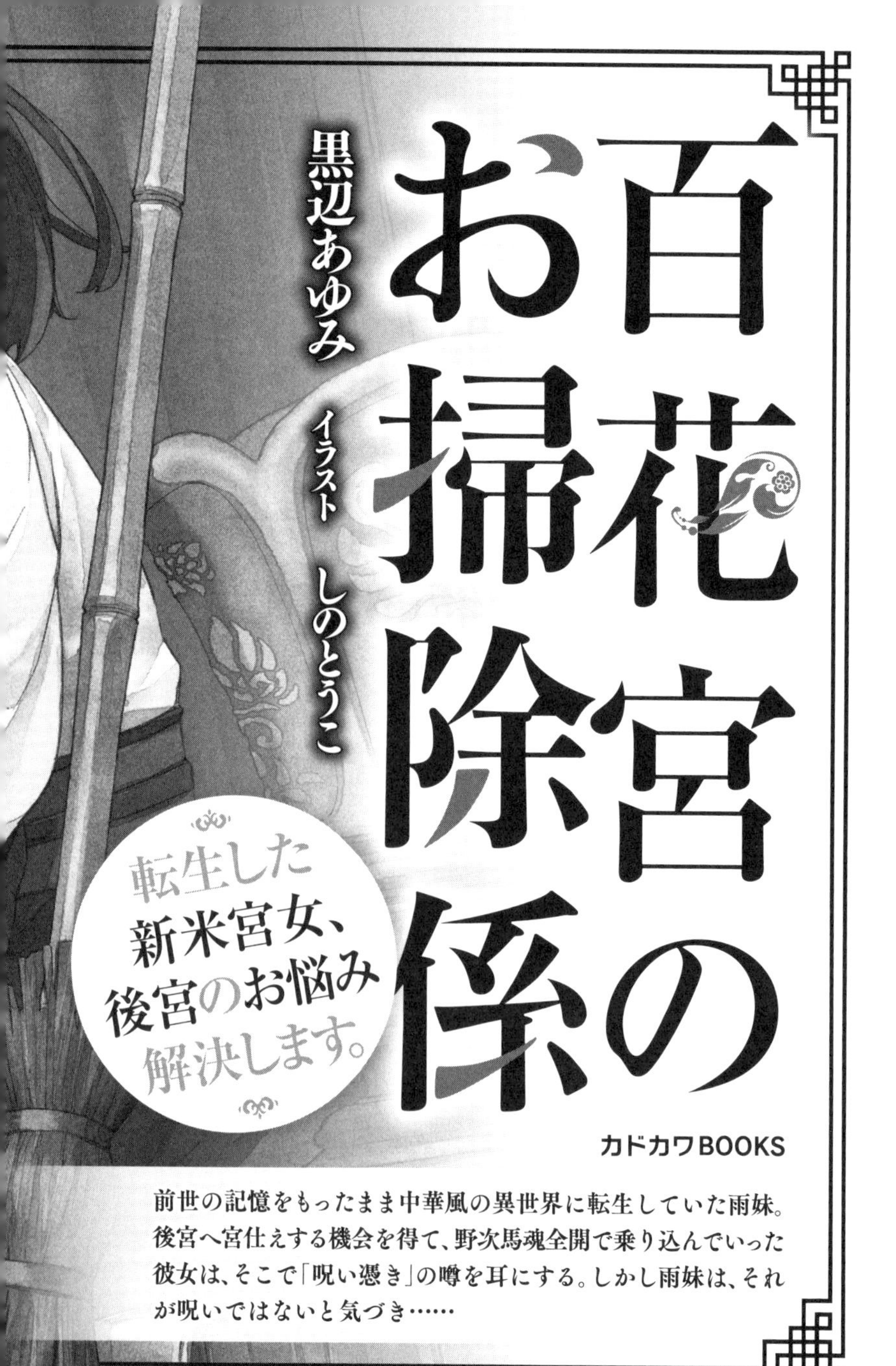
百花宮のお掃除係
黒辺あゆみ
イラスト しのとうこ
転生した
新米宮女、
後宮のお悩み
解決します。
カドカワBOOKS

前世の記憶をもったまま中華風の異世界に転生していた雨妹。後宮へ宮仕えする機会を得て、野次馬魂全開で乗り込んでいった彼女は、そこで「呪い憑き」の噂を耳にする。しかし雨妹は、それが呪いではないと気づき……

第4回カクヨム
Web小説コンテスト
キャラクター文芸部門
〈特別賞〉
憧れの後宮は
トラブルだらけでした!?
新米宮女、
医療チートで大活躍!
風邪の予防に
アルコール
消毒!
呪い信者の
道士と
医学論争!?
無害な
化粧品
づくり!

魔王《ラスボス》よりも強いけど、
平穏に暮らしたいんです。
B's-LOG COMIC＆
異世界コミックにて
コミカライズ
連載中!!!!
漫画：のこみ
カドカワBOOKS

最強の食事係兼ポーターとして
異世界グルメ旅、スタート！
コミカライズ決定！
B's-LOG COMICにて
2020夏連載開始予定！

汐邑雛　イラスト／**六原ミツヂ**

『リゾート地で料理人として働いてみませんか？』そんな言葉にひかれて新しい仕事を選んだ栞。その勤め先とは——異世界のホテル！?　巨大鳥の卵やドラゴン肉などファンタジー食材を料理して異世界人を魅了します！

カドカワBOOKS